btb
Aus Freude am Lesen

btb

## Buch

Skye und Farald sind das ideale Paar: Sie, die wohlhabende Tochter aus gutem Hause, ist beruflich höchst erfolgreich und kauft mit sicherem Gespür Kunstwerke für ihre Sammlung. Er ist angesehener Professor an der renommierten Kauffman University. Und sie haben ein gemeinsames Projekt: Ein bekannter Architekt baut nach seinen Plänen ein Haus, maßgeschneidert auf ihr Leben – das Sinnbild ihrer harmonischen Ehe. Da erscheint eines Tages Helene in Faralds Büro. Farald ist fasziniert von der jungen Frau. Er stellt sie Skye vor und zieht sie in seinen engsten Freundeskreis hinein. Und während der Bau fortschreitet, gelangt Farald zu der Einsicht, dass sich seine Ehe in einer Sackgasse befindet. Eine Lebenskonstruktion zerbricht.

Gregor Hens zählt zu den großen Talenten der jüngeren deutschen Autorengeneration. Sein Roman »Himmelssturz« wurde von der Kritik als herausragendes Debüt gefeiert.

## Autor

Gregor Hens, geboren 1965 in Köln, ist Professor für Germanistik an der Ohio State University. »Himmelsturz« ist sein erster Roman. Gregor Hens lebt in Columbus, Ohio, und Berlin.

Gregor Hens

# Himmelssturz

Roman

btb

Umwelthinweis:
Alle bedruckten Materialien dieses Taschenbuches
sind chlorfrei und umweltschonend.

btb Taschenbücher erscheinen im Goldmann Verlag,
einem Unternehmen der Verlagsgruppe Random House GmbH.

1. Auflage
Genehmigte Taschenbuchausgabe Januar 2004

Umschlaggestaltung: Design Team München
Umschlagmotiv: Frank Lloyd Wright
Satz: IBV Satz- und Datentechnik GmbH, Berlin
KR · Herstellung: Augustin Wiesbeck
Made in Germany
ISBN 3-442-73126-7
www.btb-verlag.de

*Drei Dinge, fing er an, sind bei einem Gebäude zu beachten: dass es am rechten Fleck stehe, dass es wohlgegründet, dass es vollkommen ausgeführt sei.*

# 1

Noch während ich über den Rasen und den flimmernden, schon klebrigen Asphalt der Einfahrt zum Haus zurücklief, während ich mich auf dem Weg durch den Vorgarten gegen die kochende Abluft des späten Samstagvormittags stemmte, teilte ich unsere Post in zwei Päckchen auf: Meins enthielt einige größere, beigebraune Umschläge, wie sie in Instituten und Verwaltungen verwendet werden, sowie Werbeschreiben von Kreditkartenfirmen und Wurfsendungen von Kabelanbietern und Pizzalieferanten.

Ich überprüfte mit einer geübten Bewegung des Daumens den Umfang eines zwei Wochen alten Nachrichtenmagazins aus Deutschland und dachte das Wort: Sommerloch. Hitze, lähmende Stille, nicht nur hier. Unter Zuhilfenahme der Juliausgabe von *Baron's*, einer großformatigen Zeitschrift für Landschaftsarchitektur, trennte ich meine Tagespost von Skyes. Meine trockene, wissenschaftliche Korrespondenz und die Werbeschreiben von den handbeschrifteten Umschlägen aus schwerem Büttenpapier, von den Einladungen, Rechnungen und Angeboten aus New York und Pittsburgh, von den persönlichen Briefen der Kunstliebhaber und Galeristen. Ich besah die restlichen Briefe, hielt einen Augenblick inne und überlegte. Ordnete schließlich alles, was mit dem Bau zu tun hatte, Skyes Paket zu.

Nasse, klebrige Finger hinterlassen Spuren auf dem Papier. Nur im Sonnenlicht erkennbare Verwerfungen der Faser. Verschmieren Skyes Namen und unsere gemeinsame Adresse: Lisbon Avenue.

Schweißtropfen, die sich zwischen meinen Schulterblättern gebildet haben, geraten in Bewegung. Folgen der Willkür ihrer Natur oder den Gegebenheiten meiner Haut, durchziehen müde die Landschaft meines Rückens. Hier und da ein schwacher Juckreiz. Dass ich einen Termin beim Hautarzt machen sollte, denke ich, wegen der Melanomgefahr.

An den äußersten Rändern meines Blickfelds flirrt es schwarz auf. Insekten tropischen Ausmaßes, schwarzbraune, geflügelte Käfer jagen dort entlang. Abstoßend ist diese Natur nur, weil sie sich nicht zeigt. Weil sie flieht und weil sie flüchtig ist. Der Ekel lässt sich nicht festmachen an einer Erscheinung. Er hängt in den Gedanken fest.

Ein Sommertag wie jeder andere in dieser Stadt, die du nie kennen lernen wirst. Wenn sich Hitze und Feuchtigkeit miteinander verschworen, wenn es schien, als müsste sich die Luft erbrechen, wenn das Donnern und Krachen in der Ferne ein leeres Versprechen blieb, dann kamen am helllichten Tag die Kakerlaken aus ihren Verstecken, aus den Rissen im Beton, und huschten über die heiße Straße, über die Wege und durch die aufgeräumten Gärten. Brachen ein, sekundenlang, und verschwanden wieder. Sie brachen ein in die gepflegte Welt der Vorstadt. Hinterließen flackernde Spuren, kleine, scharfe Wunden auf der strapazierten Retina eines Mannes, der in der Mittagssonne stand und die Post seiner Frau vorsortierte.

Die Erinnerung daran und an unzählige Hochsommertage wie diesen bleibt so greifbar, sie würde sich selbst aus der Entfernung eines verschneiten, meinetwegen alpenländischen Winterabends einstellen. Im Netzwerk meiner synaptischen Verbindungen, an der geschäftigen Schnittstelle zwischen topografischen und kalendarischen Eindrücken, entstünde selbst an einem verhangenen mitteleuropäischen Nachmittag ein in triefende, blendende Hitze eingetauchtes Panorama. Das Einfache, Natürliche, Beängstigende drängt sich auf.

Zecken, die Krankheiten übertrugen, ließen sich von Bäumen fallen in der blinden Hoffnung, auf etwas Warmblütiges zu stoßen. Sonderbeauftragte warnten vor afrikanischen Viren und meldeten, dass südamerikanische Bienenmutanten in Oklahoma gesichtet worden seien. Das Migrationsmuster sei eindeutig, hieß es. Man müsse sich darauf vorbereiten. Der Vizepräsident saß schweigend oder gestikulierend am Fenster eines Hubschraubers und besichtigte Waldbrände und von Dürre verwüstete Landstriche. Wenn ein Berater auf die riesigen Breschen zeigte, die die Tornados in die rollende Landschaft geschlagen hatten, nickte er pflichtbewusst. Unten in den Städten verlasen die Sprecher der Sechsuhrnachrichten dreistellige Fahrenheitwerte. In den Schnellrestaurants und in den terminalgroßen Empfangsbereichen der Multiplexkinos servierten Sechzehnjährige perlendnasse Cola-Becher von einer Größe, dass die Besucher sie mit beiden Händen umfassen mussten. Kleinkinder trinken so. Jumbo, Giant oder Excess nannten sich diese Größenordnungen. Eine Inflation ohne Opfer, ohne Geschädigte. Konsumstarke Halbwüchsige aus den Vororten beherrschten das Land. Wollten es so haben. Wer seinen Durst löschen wollte, fügte sich. Bestellte einen Eimer Cola. Und eine Fünfdollarportion Popcorn. Es gab überfüllte Spätvorstellungen, bei denen sich die Unruhe des Publikums auf den Film übertrug. Schülerhysterien, wenn Kevin Spacey als Kriegsheld auftrat. Wenn er schoss, kreischten sie. Wenn sie kreischten, schoss er. Sie beruhigten sich erst, wenn sie aus dem Seiteneingang des Kinos geschoben wurden, auf die hell erleuchteten Parkplätze hinaus, wenn ihnen nach Mitternacht die Sommerhitze noch einmal ins Gesicht schlug.

Später dann, wenige Wochen später, folgten die Wolkenbrüche. Überschwemmungen. Die so genannten Wetterereignisse. Ganz normale Katastrophen brachen herein. Panische Kinder, stumm kreischende Menschen, die sich an Bäume oder rhythmisch im Sturm schlagende Ampelmasten klammerten. Während Möbelstücke und Wellblechdächer über den Bildschirm gefegt wurden. Amateurvideos. Abendnachrichten. Später wurden Gelder zur Verfügung gestellt für Bauern und Hausbesitzer. Der Vizepräsident besichtigte den Schaden. Stapfte in Gummistiefeln durch die Trümmer.

Fernsehbilder, geruch- und geräuschlos, und diese Eindrücke aus leicht verwaschenen Farben und unmöglichen, nur in Zahlen begreifbaren Temperaturen, aus irren Blicken, zufälligen Berührungen, aus schwitzender, jugendlicher Geilheit und der hygienisch einwandfreien Nervosität der Erwachsenen, diese amerikanischen Hochsommereindrücke würden sich selbst vor einem prasselnden, würzigen Kaminfeuer in einem Chalet wieder einstellen. Selbst in den Alpen könnte ich mir diese Welt in Erinnerung rufen. Auf einer feuchten Wiese. Oder einer verschneiten Wiese. Oder meinetwegen am Novemberstrand, in der salzigen, kalten Gischt der Nordsee stehend. Friesland.

Umso leichter fällt es mir hier, in diesem neuen, freundlicheren Land jene Eindrücke und Bilder aus Amerika noch einmal erstehen zu lassen. Auf der milden Höhe eines weiteren Kalenderjahres. Unter einem wolkenlosen, nur durch die bizarren Reste eines Kondensstreifens beschmutzten Himmel, der sich weit, weit hinaus in Richtung Westen erstreckt. Wenn ich die getünchten

Hauswände, die hellblauen, verwitterten Holzladen betrachte, hinter denen sich eine Großfamilie zum Mittagessen versammelt. Lärmend. Dann ist es nur ein sehr kurzer Erinnerungsschritt hinaus auf die heißen Straßen jener Wohn- und Vororte. Von der aufgeregten Mittagspause hier in die staubige, flimmernde, erbarmungslose Sommerlandschaft dort. Abgeschottete Häuser. Menschenarme Betriebsamkeit. Die tagtägliche Erschöpfung. Essensgerüche fehlten völlig.

Dass die Schulferien bis weit in den September hineinreichten, scheint auf einmal wichtig. Hier ein Bild von Kleinkindern, die spät nachmittags am Straßenrand sitzen, an kleinen, wackeligen Kartentischen, und Limonade verkaufen. Riesige, wachspolierte Autos rauschen vorbei. Am Wohnzimmerfenster steht der Vater und betrachtet die Szene. Ist stolz auf den sich entwickelnden Geschäftssinn der Tochter und hält Ausschau nach Kinderschändern.

Die Experten von CNN warnten vor dem Zusammenbruch der Energieversorgung und vor den Folgen für Säuglinge, Alte und Asthmatiker. Der Energieminister appellierte an die Bevölkerung, die Klimaanlagen zu drosseln. Irgendein Massensport strebte seinem nationalen Höhepunkt entgegen. Jungen saßen hinter den abgedunkelten Scheiben kühl gehaltener Geländewagen, auf dem Weg zum Schwimmbad oder zum Bibelunterricht. Die Mutter schraubte den Tankstutzen zu. Der Quittungszettel wurde geräuschlos ausgespuckt, taumelte und landete auf dem weichen Asphalt der Tankstelle.

Skye machte sich, als ich ins Haus kam, an einem Paket zu schaffen, das eben erst von einer Kunsttransportfirma geliefert worden war. Der schweißnasse Fahrer hatte ihr Getränkeangebot mit einer höflichen Geste abgelehnt und um eine Unterschrift gebeten. Ich legte die Briefe auf dem Esstisch ab und wartete, bis sie fertig war. Sie kniete auf dem Boden und setzte die Schere an. Schnitt an zwei, drei Stellen, so dass sich das Paket beinahe von selbst öffnete, wobei ich dachte, dass ich wohl zuerst versucht hätte, die straffen Plastikbänder über die Ecken des Pakets zu schieben. Aber Skye war geduldig, ging methodisch vor. Vorsichtig zog sie das Bild heraus und lehnte es an die Wand. Sie stellte sich neben mich.

Ein Boxkampf um 1910, Milwaukee: Aus dem Gedränge einer schummrigen Sporthalle schaut der Betrachter hinauf in den angestrahlten Ring. Der kleinere der beiden Kämpfer, mit einer zum Streifen verschwommenen roten Hose, ist in seiner Angriffshaltung erstarrt. Für den Bruchteil einer Sekunde ist hier die Welt angehalten worden, kurz bevor sein Schlag das linke Kiefergelenk des Gegners treffen, möglicherweise brechen wird. Der wird dem Angriff nicht ausweichen können. Stürzen wird er. Daliegen im Flutlicht, auf dem nassen Holzboden, und denken, dass der Schmerz erst kommt, wenn die Angst vorbei ist.

Die Züge der Kämpfer sind kaum zu erkennen. Aber Anspannung, Schweiß, Verzweiflung sind spürbar. Dunst, wie warmer, feuchter Stallgeruch, hängt über der Szene. Die Zuschauer im Vordergrund wetten nicht mehr, weil der Kampf entschieden ist. Einer, ein Zwerg, hat sich vom Geschehen abgewandt. Er schaut aus dem Bild, als wollte er den Betrachter herausfordern. Ob ich gewettet habe, scheint er mich zu fragen. Ob ich es mit ihm aufnehmen wolle, ob ich ein Mann sei. Komm, wir schlagen uns wie die da, ruft er mir zu. Danach trinken wir, fallen uns in die Arme und tauschen unsere Frauen.

Ich fragte Skye nicht, warum sie gerade dieses Bild ersteigert hatte, aber ich kannte ihr Vokabular für diese Malerei. Und verstand ihre Faszination. Sie mochte die Unmittelbarkeit des Eindrucks, den pointierten Einsatz der Farben, die fotografische Perspektive. Gleichzeitig bezweifelte ich, dass sie auch das Männerbündische darin spürte. Dass sie für den Signalstoff der Herausforderung empfänglich war. Nicht Skye. Sie nicht. Der Blick des Zwergs traf sie nicht. Vielleicht gefiel ihr die Atmosphäre, weil sie draußen stand. Weil sie sich nicht auf den Kampf einlassen musste. Weder dem Sieger noch dem riesenhaften Verlierer nahe stand, etwas schuldete. Ich stellte mir vor, wie sie im Auktionshaus erschienen war, wie sie sich ruhig und überlegen lächelnd dem Gedanken überlassen hatte, dass sie diesen Alptraum, der nicht der ihre war, besitzen konnte. Sie hatte mit ihrer kleinen, sauberen Handschrift eine Zahl in ihrem Lederkalender notiert, hatte sich kurz umgeschaut und gewartet. Sie war sich ihrer Sache sicher gewesen wie ein Jäger, der auf ein lahmes Großwild angelegt hat.

Skye nahm ihre Briefe und ging zum Schreibtisch, während ich unschlüssig, zögernd vor dem Bild stehen blieb. Sie strahlte ein Selbstbewusstsein aus, das sie sich nicht hatte erarbeiten oder erkämpfen müssen. Es war ihr mitgegeben wie das Schokoladenbraun ihrer Haare. Selbst an diesem langsam anlaufenden Samstagvormittag im Haus war sie elegant, dabei einfach, gekleidet, trug ein aufgekrempeltes, hellblaues Hemd mit den Initialen ihres Vaters und eine wadenlange Leinenhose. Sie ging barfuß, lautlos und federnd über das Parkett, über den Teppich. In einem einzigen, fließenden Bewegungsablauf legte sie die Schere in die Schreibtischschublade, setzte sich auf ihren Stuhl und schaltete den Computer ein. Meine unschlüssige Anwesenheit schien sie nicht zu stören. Sie ignorierte mich. Während sich der Bildschirm aufbaute, nahm sie mit der linken Hand ihre Briefe, einen nach dem anderen, las die Absender, und schichtete sie ungeöffnet auf einen Stapel am Rand der Arbeitsfläche. Mit der Rechten fasste sie ihre Haare zu einem losen Zopf auf dem Rücken zusammen. Sie gab dem Strang eine halbe Drehung, zog ihn glatt, und legte ihn über die Schulter. Ich betrachtete ihren Hals. Der oberste Wirbel war kaum zu erkennen. Der zweite, oberhalb des locker aufliegenden Hemdkragens, spannte von innen heraus die Haut. Ich hatte im Vorübergehen oft nach diesem Nacken gegriffen. Manchmal deutete ich dabei eine Massage an. Sie quittierte die Geste, ohne sich umzuschauen. Ich wusste, dass sie in solchen Momenten kurz die Augen schloss.

Einmal, nach einem Autounfall, hatte sie eine Halskrause aus dickem, mit feinem Mull bespanntem Kunststoff getragen. Nachts hatte sie flach auf dem Rücken liegen müssen, sich kaum bewegen können. Ich knöpfte ihr Nachthemd auf und streifte es mit der Hand von den Brüsten und den braunen Schultern, so dass sie wie gefesselt dalag. Vorsichtig drängte ich mich an sie heran. Immer die Sorge um die Wirbel und Nerven, um den Haarriss, immer die Frage, wenn sie einen Laut von sich gab, ob es wehtue und ob sie aufhören wolle. Nein, flüsterte sie. Ich mag es, wenn es langsam und geräuschlos vor sich geht. Vor sich geht. Unvergleichliche, unverbesserliche Skye. Ich werde mich bemühen. Und nach einer Pause fügte sie hinzu: Weißt du noch, in Reno?

Ein Hotelzimmer in einem Spielkasino. Wir hatten miteinander geschlafen, während die Tochter eines Kongressabgeordneten aus Virginia bei uns lag. Wir waren jung und alles andere als unbekümmert. Die Angst, dass Skyes Freundin wach werden könnte. Die beiden Mädchen lagen einander zugewandt und teilten ein breites amerikanisches Kopfkissen. In Skyes jugendlichem, blondem Flaum muss der Atem ihrer Freundin spürbar gewesen sein. Ich war von hinten an

Skye herangerückt. Ich küsste ihren Rücken, legte meinen Arm um ihre Hüfte, presste meine Hand auf ihre Scham, auf ihren Bauch, und zog sie enger an mich. Wie Tiere paarten wir uns: geräuschlos, warm und zitternd, ohne Rhythmus. Ich krallte mich in Skyes Haaren fest. Spucke floss aus meinem Mundwinkel. Ich kam ohne Widerstand, ohne Rücksicht auf sie. Und beinahe lautlos. Wir hatten nie darüber gesprochen.

Diese Nacht damals. Marielle war hellwach, weißt du, sagte Skye. Lag gefesselt da, ohne mich anzusehen. Wir haben uns die ganze Zeit in die Augen geschaut, die schöne, zarte, bewachte Marielle und ich. Marielle, deren falschen Nachnamen ich vergessen habe. Flüsterte sie. Flüsterte die wehrlose, ganz mir und meinen Händen ausgelieferte Skye. Und während ich mein Ohr an ihr Herz legte, um zu hören, ob es schon höher schlug, versuchte ich gleichzeitig, mir das Mädchen vorzustellen. Achtzehn oder neunzehn Jahre alt. Ihre Haut hell. Die runden Augen schimmerten grünlich. Manchmal weinte sie ohne Grund. Sie liebte uns. Wir spielten Tennis mit ihr. Tagelang, wochenlang waren wir unterwegs. Saßen zu dritt auf der Vorderbank meines Oldsmobile. Von San Francisco über Lake Tahoe nach Mono Lake, und von dort nach Reno. Von hier nach dort und durch die salzige Wüste, dachte ich und wiederholte mir diesen Satz. Von hier nach dort. Immer verfolgt von zwei Männern in einem Kombi aus den fünfziger Jahren. An Tankstellen, wenn sie glaubte, wir würden es nicht sehen, sprach sie mit den beiden. Verriet ihnen unsere

Route, das nächste Ziel. Immer leugnete sie, dass es Sicherheitsbeamte waren. Wenn wir nachts am Aufzug standen, um in unser Zimmer zu fahren, saßen sie noch an der Bar, tranken Bier und schauten uns müde nach.

Ich ging in das Arbeitszimmer, um meine Aktentasche zu packen. Vom Schreibtisch nahm ich den Aufsatz eines Kandidaten, der am Donnerstag geprüft werden sollte. Vielleicht konnte ich mich heute darauf konzentrieren. In den letzten Tagen hatte ich es mehrfach versucht, war aber immer an dem Text abgeglitten. Immer hatte ich beim Lesen den Eindruck, als hätte ich die Wörter und Phrasen schon einmal in genau dieser Reihung gesehen, als beruhte die gesamte Arbeit auf einem Fundus von vorgefertigten Sätzen und Ideen.

Als ich dann auch meine Sporttasche aus dem Wäschraum holte, war Skye mit Plänen und Korrespondenz beschäftigt. Sie rechnete und schrieb E-Mails. Sie suchte etwas und fand es. Sie tippte etwas ein. Sie war ganz bei der Sache. Als ich ankündigte, dass ich zum Campus fahren würde, reagierte sie nicht. Ich sagte, nicht zum ersten Mal in diesen Wochen, dass ich im Haus nicht mehr arbeiten könne. Dass ich gereizt sei und unkonzentriert. Auch darauf antwortete sie nicht. Wieder nicht. Schließlich, um sie aus der Reserve zu locken, um ein Wort, irgendeine Reaktion aus ihr herauszubekommen, fragte ich nach dem Bild. Dieser Boxkampf, was bedeutet er dir?, wollte ich wissen. Sie fragte, statt mir direkt zu antworten, ob sie das Bild behalten solle. Jetzt endlich gestand sie sich also meine Anwesenheit ein. Sie drehte sich, während sie ihr wasmeinst-du sagte, mit dem Schreibtischstuhl um, so dass ihr Kopf den Bildschirm vollständig verdeckte. Ich werde es nicht hängen können, sagte sie in meine Richtung. Aber der Preis war gut. Wir schwiegen. Sahen das Bild an. Schließlich schlug ich vor, es ins Schlafzimmer zu hängen, im neuen Haus. Männer, Schweiß, Kampf, du weißt schon. Worauf sie sehr verhalten und beinahe nachsichtig lächelte.

Du solltest Antonin fragen, sagte ich noch, als ich das Wohnzimmer verließ. Immerhin ist es ein Landschaftsformat. Damit könnte er sich abfinden. Antonin, sagte sie, hat mir schon befohlen, die Sammlung auszulagern. Vollständig. Ich soll alles verschenken, sagt er. Das weißt du ja. Landschaftsformate, Porträts, alles. Entweder du wohnst in einem Haus und fühlst dich wohl, meint er, oder du wohnst in einem Museum. Entweder die Bewohner eines Hauses schauen sich gegenseitig an, oder sie schauen die Wände an. Das kannst du dir aussuchen, hat er gesagt. Dann begann sie einen Gedanken, fragte, ob es denn eine Rolle spiele. Wenn. Sie bewegte noch ihre Lippen und sah in sich hinein, aber das Ende des Satzes war nicht mehr auszumachen. Skye wandte sich wieder ihrer Arbeit zu. Ich ging aus dem Zimmer, schlich mich beinahe hinaus, ohne noch ein Wort zu sagen. Ich nahm die Taschen, trat hinaus, zog leise die Tür hinter mir zu.

Ich fuhr über die breiten, leeren Straßen der Wohnvororte in Richtung Campus. Und dachte, dass dem Bild, das sich hinter jeder Kurve von neuem vor mir aufbaute, etwas Entscheidendes fehlte. Etwas, dessen Existenz wir voraussetzen. Dies war keine Gegend, in der die Menschen vor ihren Häusern standen und miteinander redeten. Hier gab es keine alten Frauen, die zum Einkaufen gingen. Mit Taschen bepackt oder nicht. Die Alten wohnten hier nicht. Nachbarn unterhielten sich nicht miteinander. Unsichtbare Hausbesitzer führten ein Leben ohne Gartenzaungespräche. Und gingen nicht zu Fuß. Niemals. Wer hier wohnte, hatte zu tun. Trug Verantwortung. War ein finanzkräftiger Konsument. Und fuhr mit dem Auto. Mit dem nagelneuen Auto direkt aus der Garage, fädelte sich vorsichtig ein in den Verkehr und versicherte sich im Rückspiegel, dass das elektrische Garagentor geschlossen war.

Keine Bürgersteige. Die Rasenflächen, Blumenrabatten führten hinunter bis an die Rinnsteine. Und immer noch diese erste Erschütterung darüber, dieses ursprüngliche, beinahe ungläubige Erstaunen über diese Tatsache.

Hinter den großzügigen, leicht ansteigenden Vorgärten lagen einstöckige Häuser im Ranch-Stil. Dunkel asphaltierte, glänzende Einfahrten, auf denen drei Autos hintereinander Platz hatten, führten hinauf zu Doppelgaragen, die mit Gasgrills, Kanus und Gartentraktoren gefüllt waren. Davor stand ein fast neuer, schwarzer Cherokee oder ein Volvo, und ein generalüberholter

Gebrauchtwagen für die siebzehnjährige Tochter, Anwärterin auf einen Studienplatz am Smith College oder ein Sportstipendium an der Universität von Wisconsin. In diesem vorletzten Sommer zu Hause arbeitete sie in einer Shopping Mall, stand lächelnd am Eingang, grüßte die Einkäufer, reichte ihnen Werbezettel, beantwortete Fragen, erteilte Auskunft über Sonderangebote und Neueröffnungen. Zum Beispiel.

Einmal Antonin dorthin schleppen, dachte ich, als ich in den Arcadia Court einbog. Das Centro Comercial, mein Freund. Du kommst mit mir in die Mall. Ich zeige dir Amerika. Ich zerre dich hinein. Das ist nicht dein Land, rufe ich ihm in Gedanken zu. Was bist du? Puertoricaner? Bürger zweiter Klasse. Und dabei völlig abgehoben. Du gehörst hier nicht hin, bewohnst eine andere Welt, kennst dich nicht aus. Du bist ahnungslos. Aber ich. Ich weiß, wie man hier lebt. Was die Menschen tun und wie sie sind. Ich stelle sie dir vor.

Worte, die ihn in Rage bringen würden. Und dann. So schnell durch die Baustellen auf dem Autobahnring fahren, dass es ihm Schweißperlen auf die Stirn treibt. Seine Knie weich, wenn ich ihn über den endlosen, flimmernden Parkplatz in Richtung Eingangshalle ziehe. Mitreiße. Bis uns die eisige Luftschleuse erfasst. Wir werden eintreten. Wie erschlagen dasitzen. Wir werden nichts finden, was uns gefällt, dachte ich. Kein Geld ausgeben. Aber Jakes Tochter wird uns begrüßen. Sie wird herbeieilen, sobald sie uns sieht, sie wird sich uns entgegenstrecken, um die Macht ihrer siebzehn Jahre an uns zu erproben. Ihre weiche Stimme, der Mund, ihr kirschrotes Lächeln soll sich in unseren Köpfen festsetzen. Mindestens für ein paar Tage.

Ich bog in Richtung Universität ab. Ardor Road. An jeder Ecke stand eine Kirche. Auf dem Land waren sie aus Holz, hier aus Waschbeton, modern und dreieckig, mit kreuzförmigen Akzenten aus mattschwarzem Stahl. Vor den Kirchen standen keine Autos. Weil es im Juli bereits zu heiß zum Heiraten war. Diese Samstagsrituale, das Reiswerfen, Hupen, Fotografiertwerden. Das ist etwas für den Mai und gerade noch für den Juni. Wenn die Gäste schon vor der Trauung durchgeschwitzt sind, wird nichts aus den Bildern. Wenn die Brautleute ihren kurzen Traum leben, den man ihnen verkauft hat, wenn sie ihren Freunden und Verwandten gegenüber so tun, als hätten sie sich einen eigenen Lebensplan ausgedacht, dann soll es auch wirklich perfekt sein. Dann muss das Wetter stimmen und auch der Pastor sollte nett aussehen.

Larry hat uns verheiratet, dachte ich, in gewissem Sinne ist Larry daran schuld. Wir hatten im Garten gesessen, Larry und Antonin, Skye und ich, und Larry hatte versucht, ein vernünftiges Gespräch zu führen, gegen seinen Vater, der immer wieder dazwischenfunkte, alles zynisch kommentierte, mit seiner Videokamera herumfuchtelte, der ganz eindeutig an diesem Tag nicht zu einem ernsten Gespräch aufgelegt war. Larry war aus einer seiner ersten Juravorlesungen gekommen und hatte uns von der Institution der Zivilehe berichtet. Hatte sein Erstaunen darüber geäußert, dass man als verheiratet galt, einfach, wenn man einige Jahre nichts dagegen unternahm. Nach sieben Jahren ist es so weit. Sieben Jahre eheähnliche Verhältnisse, was auch immer das bedeutet, und rechtlich gesehen seid ihr verheiratet. Bitte. Die Rechtslage in diesem Staat. Worauf Skye ihn ungläubig anschaute, dann mich, und erklärte, dass wir immerhin vor sechs Jahren hier eingezogen seien, und Larry meinte, das sei ihm nicht bewusst gewesen, aber ja, so sieht es aus. Wenn ihr nichts dagegen unternehmt, dann ist es wohl nächstes Jahr so weit. Dann nimmt euch der Staat die Entscheidung ab.

Was können wir denn tun, fragte ich, und Antonin, der die ganze Szene und besonders immer wieder Skyes Gesichtsausdruck gefilmt hatte, sagte, besorgt euch einen guten Anwalt, legte dabei Larry die Hand auf die Schulter, nichts gegen dich und deine Fachkenntnis, mein Sohn, natürlich, aber Larry reagierte gar nicht darauf. Meinte nur, ja, ich würde mal mit einem Anwalt sprechen. Die Konsequenzen bedenken. Vielleicht könnte einer von euch pro forma ein paar Monate Miete bezahlen, und schon ist das Problem gelöst. Oder ihr meldet euch für ein, zwei Monate in einem anderen Bundesstaat. Nehmt euch ein Zimmer in Indiana. Oder, rief Antonin, ihr schlaft eine Zeit lang nicht miteinander. Und brüllte sein Basslachen in den Garten hinaus.

Wir hatten nichts dergleichen versucht, hatten die Frist verstreichen lassen. Wir waren ein Ehepaar. Ein Ehepaar, das niemals den Weg zum Altar beschritten hatte. Das niemals die Verwandten unterrichtet hatte. Und wir hatten uns niemals in diesem Sinne für einander entschieden. Die Entscheidung war uns abgenommen worden, und wir hatten es einfach versäumt, uns dagegen zu wehren.

Zwischen der Lisbon Avenue und dem Universitätsgelände erstreckten sich knapp vier Meilen Vorortstraßen. An beiden Seiten breitete sich der Wohlstand der Clinton-Ära aus. Vierzigjährige kauften Computer und Mountainbikes für ihre Kinder. Fünfzigjährige kauften glänzende Motorräder, mit denen sie nicht umgehen konnten. Sie ließen ihre Harleys oder Buells anliefern, statt sie im Laden abzuholen, weil sie Angst hatten, sich bei der Abfahrt aus dem Hof zu blamieren. Sechzigjährige wälzten Kataloge, in denen so genannte Ruhestandsresidenzen in South Carolina angepriesen wurden. Das war der neue amerikanische Traum: ein treppenfreies Haus am achtzehnten Loch.

Die Stadt, an deren westlichem Rand sich die Kauffman-Universität befand, ließ ein Emeritus gern hinter sich. Er hatte hier nichts mehr verloren. Nachbarn, mit denen man abends ein Glas Wein auf der Terrasse hätte trinken können, hatte er nie gehabt. Er hatte nie an der Straße gestanden und sich mit jemandem unterhalten. Zu ihm gehörten eine Frau und Kinder, die, seit sie aus dem Haus waren, jede Woche anriefen und jedes Jahr zu Besuch kamen. Das würden sie auch weiterhin tun. Auch in South Carolina. Einige blieben hier wegen der Bibliothek. Aber die meisten Pensionäre schrieben nicht mehr, gaben das Denken auf und wurden sentimental, ohne sich auch nur im Geringsten dafür zu schämen.

Ein rotblauer Plastiktraktor drohte zur Straße hinunterzurollen. Tellergroße Hibiskusblüten schossen aus Sträuchern, die an weißen Hauswänden Schutz suchten. Ein Sack Holzkohle selbstzündend lag bereit. Mexikanische Dachdecker versuchten, vor der Nachmittagshitze mit der Arbeit fertig zu werden. Ein Schlauch mit Rasensprenger wurde erst am Abend angeschlossen. Jemand zog eine Haustür hinter sich zu. In einem Vorgarten verkündete ein Schild, von stolzen oder pflichtbewussten Eltern angebracht: Hier wohnt der Captain des Northridge High School Swim Teams.

An der Kauffman Avenue, kurz vor der Einfahrt zur Uni, waren trotz Wochenende und Semesterferien ein paar Menschen zu sehen. Studenten kauften hier Kleidung oder CDs in kleinen, zum Teil noch nicht zu irgendwelchen Ketten gehörenden Geschäften. Burrito-Shops und die von Skye verabscheuten Sechs-Dollar-Chinarestaurants, welche in keiner amerikanischen College-Stadt fehlten, rundeten das Bild ab. Man müsste Fortune Cookies herstellen, die Intellektuelle mittleren Alters ansprechen, hatte Antonin vorgeschlagen. Um dieses Publikum zu bedienen. Nur Akademiker essen dieses Zeug noch. Man bricht das Plätzchen auf und findet Zitate von Chomsky oder Pascal oder John Cale. Oder einfach Namen, Namen von Architekten des Prager Kubismus oder Justizministern des neunzehnten Jahrhunderts, falls es damals schon Justizminister gab. Obskure holländische Bildsymbole statt unverständlicher chinesischer Horoskopsprüche: Blumen und Wetterlagen des Goldenen Zeitalters. Schade, dass die Plätzchen nicht am Anfang des Essens kommen, hatte Antonin gesagt und dabei über seinen Brillenrand geschaut. Als Themenvorschläge für das Tischgespräch sozusagen. Immerhin, dein dicker Dekan beißt sich an einem Thema fest, noch bevor der Kellner die Bestellung aufnimmt. Und darauf beharrt er dann. Er ist nicht mehr davon abzubringen. Selbst einen schleichenden Themenwechsel lässt er sich nicht unterschieben. Wenn er schon so störrisch ist, wie letzte Woche mit dem abgefuckten Biosphärenreservat, sagte er, dann sollte man wenigstens ein paar Möglichkeiten in Betracht ziehen, bevor man sich auf das Thema des Tages festlegt. Die Plätzchen würden da helfen. Letzte Woche!, rief Antonin. Darf ich dich an die Szene erinnern?

Antonin richtete sich in seinem Stuhl auf, so als hätte er gerade im Rekordtempo eine scharfsaure Eierfadensuppe gelöffelt, faltete die Hände hoch über dem Bauch und sagte in meine Richtung, ohne mich dabei tatsächlich anzuschauen: Woran ist sie denn nun gescheitert, An-ton-nin, diese Biosphäre? Den Namen hatte der Dekan in die Länge gezogen, in dem offensichtlichen Bemühen, keine der drei Silben zu bevorzugen. Eine Silbengrenze hatte das zweite n zerrissen. Na, An-ton-nin, woran hat es denn nun gelegen, dass das geschlossene Biosystem umgekippt ist? Wir warten auf Ihr fachmännisches Urteil, nicht wahr? Der Dekan hatte mir zugenickt, hatte versucht, mich auf seine Seite zu ziehen. Antonin hatte sich mit seinem ganzen Gewicht auf den Tisch gelehnt, war ganz nah an sein Gesicht herangekommen. Und hatte gesagt: Sie haben zu viel geschissen, Herr Dekan. Als Architekt meine ich, die Bewohner der Biosphäre haben zu viel gefurzt und geschissen. Sie hätten sich zusammennehmen müssen. Zu viel Biomaterial.

Antonin fiel aus der Rolle, lehnte sich zurück und sagte: Mit dem fetten Dekan gehe ich nicht mehr essen. Es ist mir egal, wie gut er informiert ist und was er bewegen kann. Was habe ich mit der Biosphäre zu tun?

Du bist Architekt, sagte ich. Chefkonservator von Kauffman. Immerhin ein Gebäudekomplex, der sich wie kein anderer in die Umwelt einpasst. Der Campus als Programm. Wem sage ich das? *Umwelt*, Antonin. Da kann man doch. Aber als ich sah, wie er vor sich hin starrte, seine Mundwinkel nach unten zog, verächtlich, genervt, unterbrach ich mich und schwieg. Setzte aber dann noch einmal an. Immerhin bist du ein Freund der organischen Architektur, nicht wahr?, sagte ich. Vorwurfsvoll. Vorwurfsvoll, weil es ihm ein Leichtes gewesen wäre mitzuspielen. Mir zuliebe dieses Gespräch mit dem Dekan zu führen. Antonin sah mich an und machte eine abwehrende Bewegung, die bedeuten sollte: Sprich nicht über etwas, wovon du nichts verstehst. Sagte noch etwas, das nur entfernt mit dem Thema zu tun hatte, spuckte es dann noch einmal aus, das Wort Biosphäre. Die gespannte Stille, die dann eintrat, gab mir die Gelegenheit, sein Gesicht, das ich so gut kannte, die groben Poren, die kleinen schwarzen Haare auf seiner dunklen Haut, noch einmal in Augenschein zu nehmen. Und ich stellte mir wieder, wie so oft, die Frage nach der Grundlage dieser Freundschaft, dieser tatsächlich unerschütterlichen Verbindung.

Ich fuhr durch das von zwei niedrigen, im Grundriss quadratischen Säulen angedeutete Tor in den Campus hinein. Es war merklich kühler. Weder die klebrige Hitze der Wohngegend noch der Essensgeruch der Kauffman Avenue, jener lauten, von CD-Geschäften, Rastafari- und Dritte-Welt-Läden flankierten Zufahrtsstraße, drangen hier ein. An diesen mit ergrauten Teakholzleisten abgesetzten Pfeilern endete die stille, brütend heiße Welt, in der wir wohnten. Wo knallrote, in kurzen Abständen platzierte Hydranten und grüne, frei stehende Briefkästen den Takt vorgaben für die in einem surrenden, mächtigen Achtzylinder von der Arbeit heimkehrende Professorin, für den unersättlichen, übergewichtigen Immobilienmakler, für den überforderten Familienvater.

# 2

In meinem Büro, in dem Oberlichter und zwei mit winzigen, in der Sonne funkelnden Glasblenden versehene Eckfenster den ganzen, sonst tatsächlich unerträglichen Sommer hindurch für angenehme, beinahe ideale Temperaturen sorgten; in diesem Raum, der die Gegenwelt bildete zu den in der flirrenden Vorstadthitze kauernden Ranchhäusern, zu den Supermärkten mit ihren kreischenden Neonröhren, hier, wo sich die Sonnenstrahlen gebrochen und unaufdringlich im Raum verstreuten, ihn beinahe bunt erscheinen ließen, hatte sie mir damals gegenüber gesessen, fast zwei Jahre vor jenem Samstagvormittag, hatte sich und ihr Projekt vorgestellt, war ein paar Mal bei mir erschienen und hatte Anekdoten und Miniaturen erzählt, von Ereignissen berichtet, mit denen ich nichts zu tun hatte, hatte von Menschen, Freunden gesprochen, mit denen ich niemals in Berührung kommen würde. Sie hatte mir mit unaufgeregter, sauberer Stimme ein Panorama aus Geschichten entworfen, die, auch wenn sie keine direkten

Bezüge zueinander hatten, doch auf denselben Grundlagen, Annahmen beruhten, und die auf eine geheimnisvolle Weise charakteristische Merkmale miteinander teilten. Es waren diese Merkmale, die Helene interessierten. Die sie zu den Kulturanthropologen geführt hatten, wo eine ungeordnete Sammlung von Anekdoten als Datensatz galt, wo die Toleranz gegenüber der unsystematischen Erfassung von Begebenheiten, Zuständen beispiellos war. Sie hatte sich sagen lassen, dass ihr Interesse an Geschichten, an einzelnen, isolierbaren Erfahrungen, an Beziehungen und Zusammenhängen selbst ein anthropologisches Grundproblem darstelle, und dass sie mit ihrer Sammlerleidenschaft im Institut höchst willkommen sei. Sie war zu mir gekommen, um dieses Aufgesammelte, Gefundene von allem Erzählerischen zu bereinigen. Sie erwartete von mir, dass ich ihr zuhörte, dem warmen, gleichmäßigen Fluss ihrer Stimme zuhörte, und ihr daraufhin darlegte, welche Teile ihrer Erzählung von der Darstellungsform selbst bedingt seien, und was nach Abzug dieser Teile für die Auswertung übrig bleibe. Was sie dann letztendlich zu den Anthropologen tragen könne.

Und während sie mir gegenüber saß in dem altmodischen, mit grünem Leder bespannten Stuhl, während sie zum dritten Mal in Folge meine wöchentliche Sprechstunde in Anspruch nahm und von einer älteren Freundin erzählte, die in den späten fünfziger Jahren mit einem Schiff in New York gelandet war, betrachtete ich sie und suchte in ihrem Blick nach etwas, das ich lange verloren geglaubt hatte. Ich kannte diese Deutsche, ich kannte dieses Gesicht, spürte noch das Nachglühen einer Begegnung. Ich hatte das Gefühl, diese Hand, die sich jetzt den grauen, knielangen Rock glatt strich, schon einmal berührt zu haben. Und während sie erzählte, wie der Vater ihrer Freundin, ein in Norwegen arbeitender Geologe, eines Tages auf einem Flugfeld außerhalb von Oslo aus der Propellermaschine gestiegen war, die ihn nach einer Zehntagesschicht aus dem Norden zurückgebracht hatte, wie er auf dem windigen Flugfeld seine Frau und seine Kinder umarmt hatte und gesagt hatte, wir fahren heim, wir fahren noch diese Woche nach Hause, da fragte ich mich, was ist mit dieser Frau, woher kennst du sie, warum macht sie diesen Eindruck auf dich.

Helene hatte sich zurückgelehnt, mit einer eigentümlichen Vorsicht hatte sie sich an jenem Dienstag in dem grünen Stuhl zurückgelehnt, hatte aus dem Fenster geschaut, auf die mit Schieferplatten ausgelegte Terrasse, auf der das von sanft wiegenden, eukalyptusähnlichen Bäumen gebrochene Sommerlicht tanzte. Ich hatte in ihrem Gesicht, in ihren klaren, blauen Augen nach dem Kern und Auslöser meiner verschwommenen Erinnerung gesucht.

Sie beschrieb, wie die Familie am frühen Morgen an der Reling des Atlantikschiffs gestanden hatte, wie das Kind über die vom Rückschub leicht zitternde Reling geschaut hatte. Da habe sich vor ihnen die große Stadt

New York erhoben, mächtig ruhend im Morgennebel. Ein Märchen. Der Vater habe gesagt, Amerika, er habe es in die Morgenstille hineingeflüstert, andächtig, als sei es ein Taufakt. Er sei sich des Vorrechts bewusst gewesen, diesem Eindruck, dem Bild des schlafenden, ungeheuren Molochs einen Namen zu geben. Seinen in Norwegen aufgewachsenen Kindern zu diesem Anblick dieses Wort zu schenken.

Ich betrachtete Helene, mir schien, dass sie schon selbstbewusster, reifer war als noch vor drei Wochen, an diesem ersten Tag, als sie in der Tür gestanden und gefragt hatte, ob ich noch ein wenig Zeit hätte, sie wisse, dass die Sprechstunde in fünf Minuten vorbei sei. Ich hatte genickt und ihr wortlos den Stuhl angeboten, hatte sie mit milder Spannung angeschaut und es versäumt, bei der Eröffnung des Gesprächs behilflich zu sein. Ich hatte sie auflaufen lassen. Anschauen, warten. Sie erzählte.

Wie der Vater seine Familie in ein Frühstücksrestaurant am Kai geschoben hatte, den Kindern Eier und Speck und Zimttoast bestellt hatte, wie er selbst sich von den zahlreichen Tellern der Kinder bedient hatte, ohne die linke Hand, in der eine Zigarette brannte, von der Schulter seiner Frau zu nehmen. Helene beschrieb die großen, roten Becher mit Eiswasser, die schon damals aus Plastik gewesen sein könnten, und ich dachte, das ist eine kostbare Seltenheit, diese Szenen und Bilder, die sicherlich immer schöner, immer eindrücklicher werden, je öfter man sie in Worte fasst. Und ich erinnerte mich, dass Skye einmal gesagt hatte, angenommen, der eigene Lebensweg ist so etwas wie ein Malen nach Zahlen, und welches Kind malt schon streng der Vorgabe entsprechend, dann sind die Erfahrungen und Geschichten, die man hin und wieder aufsammelt, die teils falsch, teils einfach nur überraschend kolorierten Bilder der anderen.

Während ich noch überlegte, woher diese Frau stammte, welche Regionen meines Erinnerungsapparats sie bewohnte, unterbrach ich sie, um ihr einen Kaffee anzubieten. Und dachte, noch während ich sprach: Das ist eine sehr deutsche Geste. Wasser, sagte sie. Bring mir bitte ein Wasser mit.

Ich lief über die Terrasse und die Stufen hinunter in die Philologie und hing diesem Bild nach, dem Bild von New York als einem schlafenden Ungeheuer. Ein Riesentier mit zackigem Rücken, das aufwachen würde, wenn das Schiff in seine Flanke führe, weil der Kapitän nicht rechtzeitig den Hebel umgeworfen, den Schub der gewaltigen Dieselmotoren umgekehrt hatte. Es würde sich rühren, vor den staunenden Augen der aus Norwegen angereisten Familie, würde die Brücken abschütteln, als wären es die an den schlafenden Gulliver angelegten Leitern. Aber dann erkannten die Kinder am Kai einzelne Fahrzeuge und Männer, die schwere Holzkisten ausluden und diese nicht etwa vorsichtig absetzten, sondern ohne Rücksicht auf das schlafende Tier fallen ließen. Aus den Ladeflächen der Lieferwagen krachend fallen ließen auf den harten, ölverschmierten Asphalt. Und wenn dann die Hochbahn ratterte und sich in die Kurve legte und im Häusermeer verschwand, mussten sie erkennen, dass hier keine Gefahr bestand. Dass diese Stadt auf Fels gebaut war, auf ewig totem Material. Und als sich die Spannung gelöst hatte, schoben die Eltern ihre Kinder vorsichtig die rutschige Gangway hinunter, hielten mit fordernden, nicht bittenden Handzeichen den Verkehr an und schaufelten die Kinderschar hinüber, da, in das Schnellrestaurant gehen wir, lauft los, aber schaut euch um dabei, und als die Tür aufging, die Kellnerin ihnen die Tür aufhielt, umfing sie schon der Frühstücksgeruch. Und das war dann der Geruch der neuen Heimat, der Geruch, der sich ein für alle Mal mit dem magischen, vom Vater ausgesprochenen Wort verband.

Auf dem Weg in die Teeküche kam ich am Institutssekretariat vorbei, wo Janet saß und mir hinterherbellte, wen hast du dir denn da an Land gezogen. Ich kehrte um, beugte mich hinein in ihr Büro, ohne es tatsächlich zu betreten. Misslaunig, drahtig saß sie da. Janets Menschenhass fiel auch auf mich, aber die Tatsache, dass sie überhaupt mit mir sprach, dass sie mich gelegentlich sogar ohne besonderen Grund ansprach, zeichnete mich schon aus gegenüber meinen Kollegen, denen sie mit drastischer Herablassung begegnete. Dass sie Skye verehrte, stand für mich außer Frage, und ihre Bemühungen, mich zu stellen, wenn meine Sprechstunde von interessanten, so Janet, Frauen, Studentinnen besucht wurde, waren auf den Schutzinstinkt zurückzuführen, den sie ihr gegenüber entwickelt hatte. Es störte mich keineswegs, im Gegenteil, es machte mir Spaß, da ich am Ende aus jeder Konfrontation als Sieger hervorgehen musste. Und dass sie Antonin, den sie mit einer erstaunlichen Auswahl an Adjektiven zu belegen wusste – wuchtig, bärtig, zottelig nannte sie ihn, Brachialmensch, dein Freund, rief sie, Betonmensch – dass sie den Architekten mit einer gewissen Hassliebe verfolgte, war nicht weniger bemerkenswert. Er schafft Tatsachen, immerhin, hatte sie mir einmal hinterhergerufen.

Sie ist wichtig, hatte Antonin gesagt. Wichtiger vielleicht als der fette Dekan. Ihr solltet sie einmal einladen. Ich könnte wetten, sie würde die Einladung annehmen. Was ich ebenfalls befürchtete. Wenn man etwas will bei euch, dann muss man sich an Janet wenden, meinte Antonin. Und er musste es wissen. Er hatte vor Jahren eine Konferenz einberufen mit allen, die im Haus der Philologie und in meinem Nebengebäude, der so genannten Laube, arbeiteten. Die Bauabteilung hatte eine Erweiterung erwogen, der unter anderem die Terrasse zum Opfer gefallen wäre. Das einem japanischen Teehaus nachempfundene Gebäude, das ich mir mit drei Kollegen teilte, war ursprünglich als Dienstleistungstrakt für das auf der anderen Seite des Hügels gelegene Gastzentrum der Universität gedacht gewesen, und jetzt sollte es seine aus einer überdachten, sanft gestreckten, stegähnlichen Treppe bestehende

Verbindung mit diesem einbüßen und statt dessen eine Einheit mit der Philologie bilden. Die Laube sollte vom Institutsgebäude vereinnahmt werden.

Antonin erläuterte die Pläne und bat um Reaktionen. Da bekam er es zum ersten Mal mit Janet zu tun, die sich zur Wortführerin der Umbaugegner aufschwang. Ihr verdankten wir den Erhalt der Terrasse, des Steges, der auch zum in den Hügel hineingebauten Parkhaus führte, und unserer Autonomie. Das bestätigte mir später Antonin, dem selbst nicht viel an der Erweiterung gelegen war. Hin und wieder, wenn er vom unteren Campus kam, um mich zu besuchen, wenn er die Abkürzung durch das Herz des Instituts nahm, baute er sich kurz in Janets Türrahmen auf, füllte ihn beinahe vollständig aus, obwohl er zwar kräftiger, aber kaum größer war als ich, vollführte eine lächerliche, ausladende Armbewegung und verneigte sich tief. Er grinste sie an und verschwand. Später dann rief sie mir nach, laut hörbar rief sie es durch den Flur, wenn ich vorbeilief, dass mein wuchtiger Freund wieder da gewesen sei. Nicht wahr? Ich hasse diesen Mann, rief sie, diesen elenden Baumeister, er soll sich mal kräftig durchficken lassen, das kannst du ihm sagen, das würde ihm gut tun.

Ich stand an ihrer Tür und sagte: Sie heißt Helene. Und als sie nachhaken wollte, mehr wissen wollte, offensichtlich von dem deutschen Namen neugierig gemacht, drehte ich mich weg, schweigend, und ging in die Küche. Sie beobachtet mich, sie spioniert mir nach,

Janet, dein Leben ist bitter, schaff dich fort, dachte ich, und ich überließ mich einer kurzen, harten Gewaltfantasie. Einer blutig-schleimigen Schusswaffenorgie. Aufgerissene Augen, herausdringendes Gedärm. Und dann, dass Antonin dazu sagen würde, ich ließe mich von ihr verunsichern. Sie hat dich schon unterworfen, wenn du so auf sie reagierst, und pass auf, wenn du sie mit diesem tiefen Hass konfrontierst, egal in welcher Form, schiebt sie es auf deine verunsicherte Männlichkeit, auf deine verabscheuungswürdige Heterosexualität.

Sie sind mit dem Auto bis nach Nebraska gefahren, sagte Helene, als ich zurückkam und ihr das Glas hinstellte. Sie saß da und es schien, als hätte sie sich in der Zwischenzeit nicht im Geringsten bewegt. Als hätte sie nur auf meine Rückkehr gewartet, um diesen einen Satz zu sagen. Mit Erstaunen in der Stimme sagte sie, sie sind noch am selben Tag in einem riesigen Auto nach Nebraska gefahren. Die ganze Familie, die sechs Kinder, die Frau, die niemals etwas sagte, eine typische Dulderin der Fünfziger. Ich trank an meinem Kaffee und blickte sie über den Tisch hinweg an, jetzt ganz direkt. Zum ersten Mal hatte ich nicht mehr das Gefühl, sie heimlich beobachten zu müssen. Ich suchte in ihren Augen nach der gemeinsamen Vergangenheit, war jetzt überzeugt, dass wir uns schon einmal begegnet waren, und ich betrachtete ihre Figur, fühlte mich angezogen und war doch befremdet durch die ihr fehlende Biegsamkeit. Sie war groß und schlank, ihre Schultern waren kräftig, aber nicht breit, sie saß da, als könnte sie zerspringen, wenn sie sich zu heftig bewegte. Sie darf nicht aufgeschreckt werden, dachte ich. Und dass große, riesige Tiere, Giraffen, so hatte ich gehört, ihre eigenen Muskeln zerreißen könnten, gäbe es da nicht einen natürlichen Schutzmechanismus. Deshalb die Zähigkeit, das Zeitlupenhafte ihrer Bewegungen, selbst auf der Flucht.

Der Geologe sei hinausgelaufen vor das Restaurant, habe seine Pranke in den grauen Morgenhimmel gereckt und zwei Taxis angehalten, während die Mutter noch die Kinder abzählte, die aus der Toilette kamen, eins nach dem anderen. Indem sie ihre Hand nacheinander auf die kleinen Köpfe legte und mit der Gewissensstimme, mit der mütterlichen Mahnstimme sicherstellte, dass sie ihre Hände gewaschen hatten. Dann beschrieb Helene die Fahrt durch New York, die Gefühle und die kindlichen Ängste ihrer Freundin, ihre großen Augen beim Anblick der Wolkenkratzer und der herumlungernden Menschen und gleichzeitig verfolgte sie doch die beiden Taxis, als stünde sie selbst auf so einem Hochhaus, als könnte sie die beiden gelben Punkte ausmachen, wie sie um die Ecken bogen und in den Tunnel hineinfuhren und am anderen Ende wieder herauskamen und mir fiel die Aufgabe ein, die Helene mir gestellt hatte, dass ich ihr würde sagen müssen, dachte ich, dass es so nicht gehe, ich sei nicht in der Lage, diese Erzählungen in ihre Bestandteile zu zerlegen, nur damit sich die Anthropologen darauf stürzen können. Aber ich hielt mich zurück, ich wollte, dass sie weiterhin zu mir kommt. Ich wollte weiterhin da sitzen und ihrer sanften, festen Stimme zuhören und diese Bilder an mir vorüberziehen lassen.

Und wie der Vater aus dem Campingwagen herausgekommen sei mit dem Autohändler, dem Verwandten eines norwegischen Arbeiters, auf den man sich habe verlassen können, und wie sie zu dem riesigen Kombi gegangen seien, der schon bereit gestanden habe. Erzählte Helene. Es sei zu vermuten, dass zumindest die Mutter schon vorher erkannt habe, dass der Kombi mit seiner Holzverkleidung das Gefährt sei, das sie in die Prärie bringen würde. Nach Nebraska. Der Vater sei um das Auto gegangen, langsam, an seiner Zigarette ziehend, habe dem Autohändler ein, zwei Fragen gestellt, mit Vertrauen und sogar Zuneigung, freundlich-höflicher Zuneigung, habe er den Autohändler angesehen, vielleicht, weil er dabei an den norwegischen Arbeiter gedacht habe, der den Kontakt hergestellt hatte. Und er ging über den unbefestigten Platz auf seine Frau zu und sagte, das ist er. Und sie nickte nur und meinte, dann lass uns jetzt fahren. Die Männer waren in den Bauwagen zurückgegangen, während die Mutter und die Kinder ihre Taschen auf die riesige Ladefläche warfen. Alles auf einen großen, unordentlichen Haufen warfen.

Helene sah zur Terrasse hinaus, auf der sich eine kleine Gruppe von Rauchern versammelt hatte. Sie sprachen leise, unaufgeregt miteinander. Sie blickte mich an. Ich meinte, einen fragenden Gesichtsausdruck auszumachen. Wusste nicht, was ihr Schwierigkeiten bereitete, ob sie sich gestört fühlte, ob sie versuchte, diese Menschen mit mir in Verbindung zu bringen. Kollegen, Hilfskräfte, Freunde? Hast du etwas mit ihnen zu tun, schien sie zu fragen. Kennst du sie? Stören sie dich nicht? Du sitzt hier wie in einem Aquarium.

Zum ersten Mal dachte ich, sie interessiert sich für mich, für mein Privatleben, für mich als Privatperson, vielleicht denkt sie, man könnte Anstoß daran nehmen, dass sie schon wieder hier sitzt, dass sie so lange hier sitzt. Und Wasser trinkt. Und sie fuhr fort, erzählte, dass das Kind kaum etwas registriert habe von der langen Fahrt nach Nebraska, dass die Freundin sich lediglich erinnere, sich in Wheeling, West Virginia, oder vielleicht schon in Bethlehem, Pennsylvania, die Zähne geputzt zu haben, sie habe immer gut sein wollen und immer alles richtig machen wollen in diesem Alter. Sie sei brav gewesen, brav bis zu dem Punkt, an dem man sie der Obrigkeitshörigkeit bezichtigte, was sie damals nicht verstand. Das Wort bedeutete für sie nur, dass die Lehrer und die Eltern missbilligten, dass sie genau das tat, was diese von ihr verlangten. Ein Double-Bind nennt man das, sagte ich, und dass in den siebziger Jahren viel über solche Konstellationen diskutiert worden sei. Aber Helene ging darüber hinweg, als hätte ich etwas Kindisches, möglicherweise sogar Peinliches gesagt, und ich dachte, das war mein letzter Versuch, sie zu belehren. Vergiss es, vergiss deine Rolle, dachte ich,

ich lehne mich zurück und bade mich in ihrem Licht, in dem beruhigenden Flackern ihrer Augen, und sauge die von ihren Stimmbändern erzeugten Schallwellen auf und warte einfach, wie lange es dauert. Sitze hier und warte und denke nicht darüber nach. Ich nehme es auf, ich nehme an, was da in mein Leben getaumelt ist, ich setze mich dieser Frau einfach aus, die sprudelt, die offensichtlich erzählsüchtig ist, dabei aber zurückhaltend, beinahe schüchtern. Außerdem ist sie schön, klassisch schön, mit einem klaren, hellen Blick, dachte ich. Und diese Steifheit, das überraschend Gebrechliche an ihr.

Sie hat sich in Bethlehem oder in Wheeling die Zähne geputzt, vermutlich in Bethlehem, und mehr gibt es von dieser Reise nicht zu berichten. Sagte Helene und ich überlegte, wie ich sie zum Weiterreden bringen könnte. Keine Analyse, keine Suche nach diesen Merkmalen, ich wollte, dass ihre Rede weiterströmte, ich wollte mich davon umspülen lassen. Und ich fragte sie auch nicht, warum Bethlehem und nicht Wheeling, denn ich wollte keine Ausführungen, erst recht keine Diskussion, sondern Erzählung, Sprache, Folgen handkolorierter Bilder.

Meine Befürchtung, dass die Sitzung zu Ende sein könnte, war voreilig gewesen, denn sie berichtete nun von Brian, der zu eben jenem Zeitpunkt, als sich das Kind auf Anweisung der Mutter und doch mit schlechtem Gewissen in Bethlehem die Zähne geputzt habe, am New Yorker Flughafen gelandet sei, achtzehnjährig, in einer Propellermaschine, in die er in Nebraska City, Nebraska eingestiegen war. Als das Kind im Toilettenraum einer Raststätte mit müden Augen prüfte, ob es sich den Zahnpastaschaum vom Kinn gewischt hatte, lösten sich von den Reifen des aufsetzenden Flugzeugs zwei kleine, schwarze Wölkchen. Am Flugsteig stand Onkel Leo und erwartete den Jungen, einen Stipendiaten der Columbia University, den Stolz seines Bruders. Er hatte Brian noch nie gesehen, aber als er den einzigen Jugendlichen erblickte, der aus der Maschine gestiegen kam, mit einem bis oben hin zugeknöpften Hemd und einer alten, lehrerhaften Ledertasche, ging er auf ihn zu und hieß ihn willkommen. Willkommen in New York, Junge. Ich bin dein Onkel Leo. Und Brian richtete Grüße aus, bedankte sich pflichtgemäß für das Abholen. Er schaute dabei nicht auf, denn ihm war schwindlig. Er suchte festen Boden unter den Füßen und fragte sich, ob das Nachschwingen in seinem Kopf war oder ob der Seitenwind, den er schon bei der Landung gespürt hatte, an der Flugsteigkonstruktion rüttelte. In gewissem Sinne, so meinte er später, habe er dann versucht, sich an seiner Aktentasche fest zu halten, was ihm schon damals lächerlich vorgekommen sei, und er habe sich nicht nur für die von der Mutter eingepackten Lebensmittel und für den vom Vater in diese Tasche gelegten Stadtplan aus den Vierzigern geschämt, sondern auch und ganz besonders für diesen Gedanken wegen der Schwingung, so als hätte Onkel Leo ungehinderten Zugriff auf alles, was in seinem Kopf vorging, und als könnte er auch noch spüren und raten oder vielleicht sogar riechen, was sich in seiner wichtigtuerischen Tasche verbarg.

Sie seien herumgefahren in New York, beinahe ziellos, in die eine Richtung und dann die andere, erzählte Helene, und es sei ihm erst spät aufgegangen, dass Leo ihn keineswegs direkt zur Universität beziehungsweise zu seinem Wohnheim brachte, sondern dass er ihm die Stadt zeigte. Allerdings ohne ein Wort dabei zu sagen. Und auch Brian schwieg, verschwieg, dass er dringend auf die Toilette musste, verschwieg, dass er gleichzeitig sehr durstig war. Er hatte seinen leer getrunkenen Becher wegen der Eiswürfel vor der Stewardess versteckt und hatte hin und wieder beschämt das angesammelte Wasser getrunken, und nun, während sie über den Broadway fuhren, überlegte er, ob in Durst und Harndrang eine Unvereinbarkeit lag, zumindest etwas Unangebrachtes, oder vielleicht gerade das Gegenteil, und während er diese Überlegungen anstellte, zeigte der Onkel auf die Prostituierten an der 42. Straße, wiederum ohne etwas zu sagen. Und dann stieß der Onkel nur das Wort Bibliothek aus, so dass sich Brian Hoffnungen machte, bereits in der Nähe der Universität zu sein, aber es war die Stadtbibliothek, ein prächtiger, würdiger Bau, dachte Brian, größer als ein ganzer Stadtblock in Nebraska City.

Bei dem Wort City, das sie mit dem harten t und zwei abgetönten, allerdings unterschiedlich abgetönten Vokalen aussprach, so dass sich ihre Lippen tatsächlich gar nicht dabei bewegten, schaute sie auf, richtete ihren Blick von ihren auf dem Knie liegenden Händen wieder auf mich. Sie sah mich direkt an, durchdringend, dachte ich, das ist ein durchdringendes, beinahe stechendes Blau. Und als sie sagte, dass Anne, jenes Kind, und Brian inzwischen miteinander verheiratet seien, breitete sich ein helles, entspanntes Lächeln über ihr Gesicht aus, blitzte aus ihren Augen, und sie berichtete, dass sie selbst es gewesen sei, die mit Hilfe eines alten Kalenders und verschiedener, von den beiden bereitgestellter Details festgestellt habe, dass sie am selben Tag in New York angekommen waren.

Aber natürlich sind sie sich da nicht begegnet. Sie haben sich Jahre später in Boston kennen gelernt, auf einem Parkplatz. Und was jetzt mit ihnen ist, sagte Helene, als ich sie weiter fragend anschaute, ist nicht wichtig, ja, es spielt nicht die geringste Rolle, aber weil du es wissen willst, und wieder hatte sie mich geduzt, was mir tatsächlich wohl tat, weil du es wissen willst, sagte sie. Sie wohnen in San Francisco, betreiben ein Restaurant und fahren jeden Sonntagvormittag hinauf zum Revelation Ridge. Dort habe ich sie zum ersten Mal gesehen.

In meinem Kopf fallen die Geschichten zusammen, verschwimmen. Etwas, das die Eindrücke in meinem Gedächtnis auseinander halten soll, bricht ein. Rausch der Bilder. Ein Kind im Taxi auf dem Weg nach New Jersey, Brians Onkel mit einer vielköpfigen Familie in

Brooklyn sitzend, osteuropäische Abstammung vielleicht. Ein Fleischgericht, dessen Geruch tagelang in der Wohnung hängt. An einem der folgenden Sonntage warten sie auf den schüchternen Jungen aus Nebraska. Der angerufen und gefragt hat, ob er einen Zimmerkameraden mitbringen dürfe. Der sei ganz allein hier, er habe ihn gleich am ersten Abend kennen gelernt. Ja, sagte Brian am Telefon, wenige Minuten, nachdem Onkel Leo mir den Koffer nach oben getragen und sich verabschiedet hatte mit den Worten, meld dich, der Vater will es so, da klopfte es an der Tür und Joe stellte sich vor, Joseph Calway aus Lawrence, Kansas. Und ich habe ihm die Karte gezeigt, die der Vater mir mitgegeben hat, und wir haben sie aufgefaltet und uns gewundert, dass es damals schon eine U-Bahn gab. Joe aus Kansas, in den Bauernhänden einen anderen, besseren Stadtplan, weiß nicht, wo oben und unten ist. Er steht da, wo Annes Taxi vorbeigerauscht ist. Sie klebt mit großen Augen hinter der Scheibe und rast durch Midtown Manhattan. Mir gegenüber sitzt Helene und schaut in die zuckende Iris meines rechten Auges. Beinahe fordernd sieht sie mich an und das Auge brennt. In St. Louis stieg Helene zum ersten Mal aus einem Überlandbus. Warf zwei unförmige Taschen in den Parkplatzdreck, bevor sie langsam und vorsichtig ausstieg. Stand da am Ausgang, zögernd, und sagte sich, ich bin hier, angekommen, und der Fahrer wartete ungeduldig und sagte Ma'am. Please.

Das Telefon klingelte und als Skyes Büronummer auf dem Display erschien, entschuldigte ich mich mit einem kurzen Nicken in Helenes Richtung, zog dabei eine Falte in die Stirn, die milde Neugier andeuten sollte, und hob ab. Sie sei noch beschäftigt, sagte sie, während ich Helene ansah, die wieder auf ihre Hände schaute, die versuchte wegzuhören. Natürlich, was soll sie sonst tun, dachte ich, und Skye meinte, es würde heute Abend später werden und ob ich nicht die Einkäufe erledigen wolle. Selbstverständlich, sagte ich, ich fahre rüber nach Elphinstone und kaufe ein. Skye war mit einem Kunden beschäftigt, ganz offensichtlich ein schwieriger Fall. Ein übergewichtiger Mann, dachte ich, vielleicht besitzt er Anteile an einem Privatjet, er hockt da in Skyes spärlich eingerichtetem Büro, während sie draußen im Sekretariat steht und mit mir telefoniert. Sie hat sich kurz entschuldigt, ist hinausgegangen und hat ihn dort sich selbst überlassen.

Der Mann schwitzt, er hatte fest mit einem neuen Kredit gerechnet, hatte sich die Verhandlung leichter vorgestellt, gerade mit einer Frau, einer jungen Frau, aber als sie ihren Eröffnungssatz sagte, merkte er schon. Sie ist ein Profi, sie ist die Frau, die sie vorschicken, wenn es ernst wird. Hinter diesem Selbstbewusstsein verstecken sie sich. Die Feiglinge. Und nicht auszumalen die Katastrophe, wenn ich sie aufgefordert hätte, mit mir nach Chicago zu fliegen. Im Jet. Kommen Sie, kaufen Sie mal nach Herzenslust ein, ich nehme Sie mit, selbstverständlich auf meine Kosten, ich lade Sie ein, ich muss eh zurück, und später dann essen wir eine Kleinigkeit. Nicht wahr? Wie wärs mit uns? Hatte er sich ausgemalt, als sie in der Tür erschienen war. Und dann diese Nachricht, was man alles sperren, an die Kette legen kann, wie man vorzugehen gedenke, und jetzt ist sie da draußen und lässt mich hier schmoren, wahrscheinlich steht sie nur da und wartet oder hält ein Schwätzchen mit der Sekretärin, die da bleiben wird, bis das hier vorbei ist, das ist ein professioneller Laden, höchstes Kaliber. Und er dachte, es müsste größtes Kaliber heißen, immerhin war er selbst Besitzer eines Waffenscheins. Aber Skye saß auf dem Schreibtisch der Sekretärin, die sich für eine halbe Stunde abgemeldet hatte. Ich laufe nur um die Ecke, hatte sie gesagt, und hole mir ein Sandwich, dann bin ich wieder hier.

Und auf Skyes Frage, ob sie denn am Abend nichts vorhabe, hatte sie geantwortet. Weißt du, es ist wirklich egal, ob ich heute oder morgen meine Mutter anrufe. Du kannst sie auch von hier anrufen, sagte Skye, aber die Sekretärin meinte nur, das bringe ihr nichts, sie unterhielten sich vor laufendem Fernseher, sie kommentierten dann, was sie gerade sähen, auf dem gleichen oder auf zwei unterschiedlichen Kanälen. Sie hätten sich sonst nichts zu sagen, es gehe einfach um die in Zeit, reiner Zeit bemessene Menge Aufmerksamkeit, die sie ihrer Mutter schenke, Aufmerksamkeit, die mit Hilfe der Telefonrechnung genau und nachweislich zu bemessen sei, und wie gesagt, ob das heute passiert oder morgen, das spielt überhaupt keine Rolle. Und sie bot Skye an, ein Sandwich mitzubringen, aber Skye lehnte dankend ab. Oder vielleicht ein paar feuchte Tücher für deinen Kunden, fragte sie und grinste.

Während Skye mir ihre Wünsche diktierte, stand Helene auf, sie konnte Skyes Stimme hören, lief quer durch den Raum zur Terrassentür und schaute hinaus. Ob es ihr unangenehm ist, überlegte ich, ob sie erwartete, dass ich Skye sage, ich bin nicht allein. Sprechstunde, du weißt, worauf Skye antworten würde, gut, machen wir's kurz. Alles, was sie wollte und was ich auf meinen kleinen gelben Zettel schrieb, hätte ich auch so gekauft, und ich hörte auf zu notieren und sah Helene an, die in den frühen Abend hineinschaute, nicht verträumt, überhaupt nicht, sondern hellwach, dachte ich. Es ist ein erhebender Anblick, dieser Campus in diesem Licht. Die schimmernden Schieferplatten auf der Terrasse, die olivgrünen, schlanken Blätter dieser exotischen Bäume. Das entfernte Rauschen des Bachs. Ob ich am Grundstück vorbeifahren werde, fragte Skye, und ich sagte, vermutlich nicht, ich bin hier auch noch eine Weile beschäftigt, und während ich das sagte, betrachtete ich Helene, die sich mit verschränkten Armen gegen das Fenster gelehnt hatte, die, so schien es, sogar ihre Stirn an die kühle Scheibe gelegt hatte. Sie tat unbeteiligt und machte keine Anstalten zu gehen.

# 3

Ich hatte meine Aktenmappe gepackt, die Post mitgenommen und die Sporttasche, hatte ein kurzes, unergiebiges Gespräch mit Skye geführt über ein Bild, das mich nicht abstieß, aber doch insoweit befremdete, als mir das Verhältnis seiner Besitzerin zum Dargestellten undurchsichtig erschien. Ich war durch die Vorstadtwüste gefahren, war wie gelähmt angekommen am Tor zum Campus, hatte mich hineingleiten lassen in dieses andere, kühlere Land. Die Natur war eine andere, das Klima, auch die Gesetze, die hier gelten, sind andere, dachte ich, als ich über die kleine Brücke fuhr. Eine Gegend, in der man sich niederlassen müsste. Aber das war nicht möglich. Für alle, für die Leute, die hier arbeiteten und selbst für die Studenten in den Wohnheimen war all dies hier nur vorübergehend, begrenzt. Auf eine bestimmte Zeit in diesen Räumen sitzen oder ein paar Jahre lang ein Leben in den Wohnheimen führen, das war möglich, aber hier heimisch zu werden, das gab es nicht. Vielleicht bildete Antonin, der stille Herrscher über das Gelände, die einzige Ausnahme. Das Leben für uns, für alle anderen, fand draußen statt. In den Vorstädten, in den Einkaufszentren, auf den Terrassen und in den Schnellrestaurants. In den gefliesten, perfekt ausgestatteten Küchen und auf den Ledersofas. In zugestellten Garagen und in riesigen Kinos. Ich war an diesem Samstag, an diesem tatsächlich unerträglichen Samstag hierher gekommen, um dem für einige Stunden zu entfliehen. Ich hatte meine Tasche gepackt und war hinausgelaufen, zur Universität gefahren. Ich war hier eingetreten und hatte mich in die Erinnerung an Helene verstrickt. Hatte einem Bild nachgehangen und einer Erinnerung an eine Erinnerung. Hatte noch einmal der seinerzeit nur in Umrissen auszumachenden Erkenntnis nachgespürt, dass sich mir in jenen ersten Gesprächen mit Helene eine Schlüsselfigur präsentiert hatte. Eine Person als Lebensereignis.

Die Verwaltung ist geschlossen, kein Mensch hier, selbst die Sporteinrichtungen und die Bibliothek sind unbesetzt. Heute keine Ausleihe. Was ist an einem Samstag im Hochsommer anderes zu erwarten. Ich hätte mir einen Schlüssel besorgen sollen. Für das Schwimmbad oder für den Lesesaal. Ich hätte daran denken sollen. Gestern, als der Hausmeister noch hier saß.

Erwartungslose Stille liegt über dem Campus. Verlassen. Ausgestorben. In diesen Hallen weht heute kein Geist. Welche Hallen? Ich reiße mich einen Augenblick zusammen, banne das eben Gedachte und lache leise über meinen Satz. Trete dann auf eine lose Schieferplatte. Blätter hängen an den Zweigen und atmen unauffällig. Erstaunlich, wie kühl es noch ist. Hier hat Helene gesessen und ihre Geschichte erzählt. Die erste.

Unmittelbar nach jenem Gespräch, das ich in meinem Kopf als das New-Yorker-Gespräch bezeichnete, hatte ich ihren Namen bei KISS eingegeben, hatte dort, im Datensatz der Kauffman Information Systems & Services, gelesen, dass sie in einem Einzelzimmer im Graduiertenwohnheim lebte, dass sie ledig war, dass sie bei den Anthropologen eingeschrieben war, was ich bereits wusste. Im Notfall zu benachrichtigen war Alexander H., eine deutsche Telefonnummer war angegeben. Unmittelbar nach jenem Gespräch hatte ich beschlossen, sie einzuladen und mit Antonin und Skye bekannt zu machen. Sie zu bitten, sich in meinem Leben umzuschauen. Ein paar Beobachtungen darüber anzustellen. Kritische Anmerkungen meinetwegen. Eine erzählerische Aufbereitung. Für ihren Anekdotenschatz. Als sie sich verabschiedet hatte, als sie die Tür hinter sich zugezogen hatte, vorsichtig, um die Ruhe dieses Ortes nicht zu stören, und über die Terrasse gegangen war, ohne sich noch einmal nach mir umzuschauen, wusste ich, dass Helene eine entscheidende Rolle in meinem Leben spielen würde. Das zwar ausgeglichen schien und erfolgreich, in dem aber ein Ungleichgewicht angelegt war. Es war nur eine Frage der Zeit, bis es kippen würde.

Ich hoffte, dass sie mir am Ende ein Fazit präsentieren würde. Wenn sie bereit ist, sich in diesem Leben umzuschauen, es auf seine Schwachstellen hin abzuklopfen, dachte ich. Meinetwegen etwas zu Fall zu bringen. Sie hatte sich nicht aufgedrängt, aber wie sie da gesessen hatte, wie sie ihre Geschichte erzählt hatte, ungehetzt und methodisch, ohne auch nur ein einziges Mal daran zu zweifeln, dass ich ihre Relevanz und die Bedeutung unserer Begegnung erkennen würde; wie sie mich dabei gemustert hatte, wie ruhig und ohne Scheu sie geblickt hatte, da wusste ich, dass sie sich als Angebot verstand, dass sie sich dessen, was hier im Begriff war zu entstehen, bewusst war.

Ich war unterwegs gewesen zum Einkauf und hatte mir vorgestellt, was passiert, wenn man sie mit Antonin zusammenführt, und wie Skye auf Helene reagieren wird, wie Skye mit Antonin umgehen wird, wenn dieser plötzlich nicht mehr Antonin ist, sondern der mit Helene konfrontierte Antonin. Ein anderer Mensch, mit dem anders umzugehen war. Chemistry, sagen die Amerikaner, es entstehen chemische Verbindungen, wenn man Menschen zusammenbringt, es entstehen Kräfte, Energien, Spannungen. Und ich dachte einen Augenblick lang, ich drehe den Spieß um, werde zum Beobachter und schließlich zum Erzähler. Setze mich hin und berichte, was sich vor meinen Augen abspielt. Wie sich die Welt um mich verändert. Allerdings war mir Helene bereits zu nahe getreten. Und ich hatte mich bereits an ihr vergangen. Keine Hoffnung auf kritische

Distanz. Keine auswertbaren Notizen, Beobachtungen. Kein Experiment, das sich wiederholen lässt.

Ich packte meine Tasche aus, legte die Arbeit des Kandidaten auf den Schreibtisch und schaltete den Computer ein. Ich lud meine E-Mails herunter, ohne sie zu lesen. Auf der Leitseite der Fakultät lächelte der Dekan. Seeking challenges for the humanities in a rapidly changing world, stand über dem Bild. Und etwas von benchmarks und global excellence. Ich nahm einen Schlüssel aus der Schublade, öffnete die Tür zur Terrasse und ging hinunter in die Philologie. Niemand war zu sehen. Die Stille war absolut. Ich schloss den Postraum auf und entnahm meinem Fach die Briefe und Ankündigungen der letzten drei Tage.

Copyshops versprachen, Vorlagen für die Herbstkurse persönlich bei mir abzuholen. Anruf genügt. Zum Beginn des Semesters liegt alles für Ihre Studenten bereit. Ich hatte mir nicht einmal Gedanken über meine Herbstkurse gemacht. Hatte keine Bücher bestellt. Im Seminar, dachte ich, könnte ich mit Barrymore & Lynch beginnen. Eine rötlich-blonde, mit Gewichtsproblemen kämpfende Schauspielerin, die mit der aus den Klatschblättern bekannten Frau nichts, aber auch gar nichts zu tun hat, trinkt Piña Coladas in einer Cocktailbar hoch über Tokio und spricht mit ihrem Bodyguard Lynch. Bis zum totalen Zusammenbruch. Erbrechen und Bewusstlosigkeit. Ich hatte den Text in einer unruhigen Stunde selbst verfasst und unter dem Namen Peter Baumann in einer obskuren Zeitschrift für deutsch-amerikanische Literatur veröffentlicht, nur um später an eben diesem Text ein diskurstheoretisches Phänomen nachzuweisen, für das es praktisch keine weiteren Belege gab. Ich war dann bei Fachtagungen als Spezialist für das Phänomen und als dessen Benenner aufgetreten.

Das Telefon in meinem Büro klingelte, als ich mit der Post auf die Terrasse kam. Unwahrscheinlich, dass es Skye war. Die vielleicht noch einmal zum Haus gefahren war, wie fast an jedem Wochenende, um untätig auf dem Hügel zu stehen, mit ihrem schweren Wanderschuh ein Loch in die frische Gartenerde zu treten und zu träumen.

Larry meldete sich, meinte, dass ich mir wegen Helene keine Sorgen machen sollte. Sie hatten beschlossen, im Konvoi nach St. Louis zu fahren. Sie würden ihr beim Auspacken helfen. Helene hatte einen kleinen Lieferwagen gemietet und schloss sich dem Konvoi der Radfahrer an. Und als ich fragte, ob nicht das Rennen Vorrang habe, ob sie überhaupt Zeit haben würden, ihr zu helfen, meinte er, immerhin, sie reist schon seit beinahe zwei Jahren mit uns, mit euch, sie hat Freunde in der Mannschaft, es wird schon gehen. Und dass sie nicht viel habe. Das Zimmer im Wohnheim sei ja klein gewesen. Und Larry berichtete mir von der bevorstehenden Rennwoche, von Rahmen und Übersetzungen. Von dem 300-Meter-Sprint am Freitag, das war seine Stärke. Er sei gut vorbereitet, er freue sich auf dieses Rennen, das wohl sein letzter Auftritt sein werde. Schade, dass Antonin nicht kommen kann, sagte ich, worauf Larry schwieg. Ich wünschte ihm Glück und bat ihn, mich nach seiner Rückkehr anzurufen, oder zwischendurch, dann gibst du mir die Ergebnisse durch und erzählst mir, wie Helenes Umzug gelaufen ist. Er sagte, die Rolle des väterlich Besorgten stehe mir nicht. Ich sei entschieden zu jung. Ruf mal bei Antonin an, meinte Larry, bitte, und ich versprach es. Sagte, dass ich vorhabe, ihn in die Mall mitzunehmen, und Larry lachte und meinte, was wollt ihr da. Ihr werdet euch nicht benehmen, ihr werdet euch nicht an die Regeln halten, es würde mich nicht wundern, wenn sie euch verhaften.

Seit ein paar Jahren gehörten Larrys Radrennen für uns zum Sommerritual. Wenn er im Mittleren Westen fuhr, reisten wir ihm nach. Selten nahmen sie ihn mit nach Kalifornien oder in die Berge. Wegen des Asthmas. Er war einmal ausgefallen, deshalb blieb er bei den ganz großen Rennen zu Hause, aber er war ein ausgezeichneter Sprinter und konnte auch in einem längeren Rennen durchaus in der Hauptgruppe mitfahren. Eine Frage der Tagesform und der Luftqualität. Um den Platz auf der Rangliste oder um das mannschaftsinterne Ranking kümmerte er sich wenig, seit er mit dem Jurastudium begonnen hatte. Und gerade weil wir gemerkt hatten, dass sich seine Rennfahrerlaufbahn dem Ende zuneigte, waren wir ihm immer öfter nachgereist, hatten ihn angefeuert, ihm zugeredet. Antonin und ich, und dann kam Helene dazu, die Larry wie einen Bruder behandelte. Antonin stand dann an der Zielgeraden und sang auf Spanisch und schwenkte eine puertoricanische Flagge, noch bevor die Fahrer um die Kurve gekommen waren.

Wenn dann die Sportler unter dem Banner einfuhren, wurden sie von ihren Mannschaftstrainern empfangen. Man gab ihnen zu trinken, nahm ihnen die Räder ab und klopfte ihnen auf ihre Sturzhelme. Geh schlafen, hieß es dann. Ruh dich aus, morgen ist ein anstrengender Tag. Aber wenn Larry zu sehen war, dann jubelten wir, und wenn er schließlich im Ziel eingefahren war, legte sein Vater ihm die Flagge um die Schulter und tanzte um ihn herum, noch bevor er vollständig ausgerollt war, während Helene ihm um den nassen Hals fiel und ich ihm das Inhaliergerät hinhielt in der Hoffnung, dass er es ablehnen würde. Heute nicht, sagte er dann, heute hatte ich keine Schwierigkeiten. Und während er das sagte, suchte er mit den Augen nach der Anzeige, sah seinen Platz und seine Zeit, rechnete kurz. War dann glücklich oder enttäuscht, aber niemals wirklich betrübt. An solchen Tagen brachten wir das Fahrrad zu den gelben Mannschaftswagen und während die anderen herumstanden und ihre Ausrüstung zusammenpackten, verabschiedeten wir uns, bis morgen, bis zum nächsten Rennen, riefen wir und winkten der Mannschaft zu, und wir nahmen Larry mit ins Hotel und bestellten Spaghetti auf sein Zimmer. Larry kam aus der Dusche und setzte sich aufs Bett, erzählte vom Rennen, während im Hintergrund CNN lief, während wir aßen, auf dem Boden oder auf dem Bett sitzend. Immer ließen wir uns aufs Genaueste berichten. Wir waren Experten geworden, ein Beraterstab, wir stellten Fragen und ließen uns über die Konkurrenz aus, diskutierten ihre Stärken und Schwächen, wir besprachen das Material und legten die Strategie für den nächsten Tag fest.

Als die CNN-Sprecherin berichtete, dass die Suche nach John Kennedy Junior weiterging, als wir in Kentucky auf dem Boden eines Hotelzimmers saßen und die Teile der Zeitung herumreichten, austauschten, telefonierte Larry mit der Mechanikerin. Bat sie für den nächsten Tag um eine andere Übersetzung, sagte, er fühle sich gut, wolle etwas riskieren. Und ja, er werde ausgeschlafen sein morgen, das kannst du auch dem Arschloch sagen. Um elf sei er im Aufwärmlager, der Parkplatz neben dem Starbucks, genau, wie letztes Jahr, du kannst dich auf mich verlassen. Ich zähle auf dich, sagte er noch und legte auf.

Wir ließen ihn in Ruhe, drängten ihn zu schlafen und setzten uns in die Hotelbar. Antonin, der bärtige, kräftige Architekt, fünfzig Jahre alt, ein Erfolgsmensch, der niemals zögerte, der nichts für unmöglich hielt und dem das Fiktionale, das Erfundene, das Unwahrscheinliche fremd war. Antonin der Wuchtige, der sich nur im Bereich des Machbaren bewegte, saß dann an der Bar neben Helene, der um zwanzig Jahre jüngeren Studentin, neben der blonden, ebenmäßigen Helene, einer Exotin in einem exotischen Land; legte seine grobe, große Hand auf die Hand dieser Frau, die von Erzählungen lebte, von Erinnerungen und unverwirklichten Möglichkeiten. Das Bild der beiden, wenn sie miteinander redeten, wenn sie sich anschauten, musterten, kritisch beäugten, passte nicht in diese öden, immergleichen Hotelbars in Indiana oder Kentucky. Es schien beinahe obszön. Und wenn Helene ihr Glas in die Hand nahm, wenn sie mit uns sprach, als hätte sie uns und alles, was um sie herum geschah, im Griff, als könnte sie ihr Schicksal selbst bestimmen, wäre ohne Angst und froh und offen für alles, was sich hier an Reaktionen, an Verbindungen und Vertrautheiten entwickelte, dann machte sie sich etwas vor. Das hätte man sehen müssen. Und Antonin sprach dann über seine Arbeit, über Puerto Rico und über das Haus, das er seinen Eltern dort gebaut hatte. Wie er sich verrechnet hatte. Ein Freiträger im Wohnzimmer war abgesackt. Der ganze Überhang. Der Statiker, der die Pläne abgenommen hatte, hatte gesagt, Nechodoma, ich verstehe dieses Haus nicht. Und Antonin erzählte, dass er grob geworden sei, dass er den Statiker einen Idioten geschimpft, ihn dann aber so lange bearbeitet habe, bis er nachgab und unterschrieb. Du wirst sehen, wie es funktioniert, hatte Antonin gesagt. Mit der Stimme der Autorität. Und dann diese Schlappe. Wir hatten zu wenig Eisen reingelegt. Ich wollte eine kühnere, schlankere Konstruktion. Aber meinen Eltern hat das Haus gefallen. Eigentlich. Dabei war es ihnen zu modern und zu teuer. Aber, sagte meine Mutter. Hätten meine Eltern mich nicht auf den Markt geschickt, um Blumen zu verkaufen, dann wäre dein Vater niemals auf mich aufmerksam geworden. Hätte Vater sich damals nicht an mich herangemacht auf seine unvergleichliche, grobe Art, dann wärst du nicht geboren worden. Dann hätten sie dich damals in Chicago nicht angenommen, weil du niemals Zeichnen gelernt hättest, und dann würde ich in einem ganz normalen Haus wohnen, in dem Platz für eine Waschmaschine ist. Und jetzt mache ich uns eine Limonade. So war meine Mutter. Schade, dass du sie nicht kennen gelernt hast, sagte er zu mir.

Er legte seine Hand auf Helenes Schulter, ließ seinen Blick in der leeren, hohen Hotelhalle schweifen, und meinte, reichlich Luft hier. Und als er sagte, ein Suizidparadies, diese Halle mit den Gängen, die als Innenbalkone über unseren Köpfen hingen, bis hinauf in die Kuppel, da fragte Helene, wann er das letzte Mal in dem Haus gewesen sei. Als sie gestorben ist, antwortete er ohne zu zögern. Er hatte offensichtlich eben daran gedacht. Ich war danach einige Male in Puerto Rico, zu Besuch bei Freunden, auf Ausstellungen und Tagungen, aber ich bin nicht mehr zum Haus gefahren.

Und als ich mich um die Aufmerksamkeit des Barkeepers bemühte, weil ich uns noch eine halbe Stunde zusammenhalten wollte, weil ich dachte, dieses Gleichgewicht, dieses spannungslose Interesse aneinander, das kommt vielleicht nie wieder, da fragte sie nach den gegenwärtigen Bewohnern. Unten wohnt ein Schwuler, sagte Antonin, der meine Mutter bis zum Schluss gepflegt hat. Sie hat ihm unbegrenztes Wohnrecht eingeräumt. Ich sollte ihn anrufen, ihm zumindest eine Karte schreiben, denn sie hat ihn geliebt wie einen Sohn, aber das hat sie mir gegenüber nie so ausgedrückt. Er ist so ganz anders als du, sagte sie und ich dachte, da hast du wohl Recht, und ich wollte sie ärgern und fragen warum denn, was mache ich denn falsch, wie soll ich denn das verstehen.

Es ist das engste Grundstück, auf dem ich jemals gebaut habe, begann er wieder. Es liegt in einem verwilderten Garten voller Palmen und Sträucher, die monatelang in allen Farben blühen, und ist von der Straße aus nicht zu erkennen. Die Blüten klettern aufs Dach. Die Sträucher ragen auf die Balkone und in die Fenster hinein. Man müsste mit einer Machete auf dem Balkon stehen und sie herunterschlagen, so wie man einen lange vergessenen Aztekentempel aus der Verstrickung des Regenwalds befreit. Du brauchst die Zitronen nicht zu ernten, schwärmte Antonin, sie kommen zu dir, wenn du in der Küche das Oberlicht öffnest. Wenn man die staubige Straße entlanggeht und das Haus schließlich trotz des undurchdringlichen Gartens gefunden hat, und wenn man sich dann durch das kleine Tor traut und nicht auf dem Fallobst ausrutscht, dann muss man noch den Eingang suchen. Ich habe ihn versteckt, als letzte Verteidigungsmaßnahme sozusagen. Er ist kaum mehr als ein Einstieg an der Rückseite des Hauses. Meine Eltern sind unbeobachtet und ohne jede Bedrohung alt geworden.

Larry am Telefon. Er fragte, bist du noch dran, riss mich aus diesen Erinnerungen und sagte, wir fahren gleich los. Erinnerst du dich noch an dieses hässliche Hotel, letztes Jahr in Kentucky, fragte ich, an die sanften, grünen Hügel und an dieses hässliche Hotel? Ein Suizidparadies, hat dein Vater gemeint. Sein Wort. Du lagst schon im Bett. Muss man bedenken als Möglichkeit, wenn man Vorsprünge, Balkone, Brüstungen zeichnet, hat er gesagt.

Larry sagte, mein Vater ist ein Meister der Schwerkraft. Schwermut. Es ist eine Pose. Lass dich nicht mitziehen. Ich verabschiedete mich, wünschte viel Glück bei dem Rennen und bat ihn noch mal, sich zu melden. Und dann legte ich auf, schaute wieder hinaus auf die stille Terrasse und dachte, noch nie ist der Unterschied so groß gewesen zwischen meinem eigenen Erleben und dem Bild, das meine Umgebung von mir hat. Sie beneiden mich. Sie beneiden mich um Skye und um das Haus. Und einige gönnen mir sogar diese Frau. Wer eigentlich? Dass es aussehen muss, als wäre sie direkt aus einer Fernsehserie in mein Leben gewandert und hätte sich da eingerichtet, dachte ich. Dass sie aber aus ihrem eigenen niemals ausgetreten ist. Skye ruht in sich selbst, sagen sie, wenn sie mit ihr in Berührung kommen. Sie benutzen Wörter wie Gelassenheit, Aura, Zen, je nach Geschmack, wenn sie sie kennen lernen, und Anmut wäre dazugekommen in einer anderen Zeit. Und ich hatte diese Frau nicht einmal fragen müssen, ob sie mich heiraten wollte. Das Glück war uns zugefallen. Wir hatten uns miteinander abgefunden und schienen zufrieden.

Dass Skye arbeitete, wunderte niemanden. Dabei war bekannt, dass sie es nicht nötig hatte. Dass sie ihre Berufung im Bankgeschäft gefunden hatte, schien beinahe selbstverständlich. Sie strahlte ein werbewirksames Vertrauen aus, ein Vertrauen, das nicht auf Nachgiebigkeit beruhte, sondern auf Korrektheit, Unbestechlichkeit, Fairness. Der Direktor schätzte ihr Talent im Umgang mit wichtigen und schwierigen Kunden. Bauherren, Rechtsanwälte, Familienväter, die sich übernommen hatten, ehrliche, korrupte, freundliche, nervöse, alle wurden zu Skye bestellt, betraten ihr nur mit dem Nötigsten ausgestattetes Büro und warfen ihre vorformulierte Verhandlungsposition über Bord, noch bevor Skye sie mit einer bestimmenden, einem Befehl nahe kommenden Geste zum Hinsetzen aufgefordert hatte. Sie setzte sich dem Großkunden gegenüber auf einen Stuhl. Sie schlug ihre schwarze Ledermappe auf, in der sie nur die wichtigsten Zahlen und Daten notiert hatte, auf drei, vier Blättern, und sie sagte: Sicherlich ist Ihnen bewusst, dass sich seit unserem letzten Gespräch die Lage in einer Weise entwickelt hat, die es uns erschwert, mit Ihnen auf derselben Basis zu verhandeln. Bitte, machen Sie uns einen Vorschlag. Wie möchten Sie vorgehen? Und ihr gerader, ruhiger Blick formulierte es so: Ich bin eine von euch. Ich falle auf nichts rein. Habe alles gesehen, alles gehört. Unterschätz mich nicht, dann erspare ich dir das Schlimmste. Dann wird sich die Demütigung in Grenzen halten.

Das war Skye, die Frau, mit der ich in den Hafen der Zivilehe eingelaufen war. Die mich zur alljährlichen akademischen Eröffnungsfeier im Oktober begleitete. Die in den einfachsten, elegantesten Kleidern erschien und den manierierten Floskeln der Professoren, die ihr die Hand entgegenstreckten, mit den offensten und kürzesten, den klarsten dort im Umlauf befindlichen Sätzen begegnete. Skye sagte ja oder nein oder aber, wenn sie Lust auf ein Gespräch hatte. Was man nie von ihr hörte, war: denken Sie doch, könnte man nicht auch, meinen Sie vielleicht.

Und daneben stand ich, gesalbt von ihrer Gegenwart, beschienen von dem Aquamarin ihres Seidenkleids, mitgezogen in eine höhere, bessere, ehrlichere Sphäre. Und diese Frau, die attraktive, überlegene Skye, war nur ein Teil der Erfolgsaura, die mich umfasste. Denn ich selbst galt als vielversprechender, allerdings unberechenbarer Spezialist. Auf dem besten Weg zu akademischem Ruhm und Stiftungsgeldern. Mit einem Hang zur poetischen Subversion. Selbst meine eher zweitrangigen Bemühungen in der Pseudonymenforschung waren in Fachkreisen freundlich aufgenommen worden.

Aber ob es der Dekan war oder die Mitglieder des Kollegiums oder der seit Jahren um Anerkennung ringende Phonotaktiker, wenn die Kollegen und die Konkurrenten um die Institutspfründe mich sahen, wenn sie mit mir oder über mich sprachen, war es doch erst einmal Skye, an die sie dachten. Mit ihren Blicken gaben sie zu verstehen: Du bist in erster Linie der Mann, der mit der Erbin des Josetta-Vermögens verheiratet ist.

Da stehen die Kollegen und flüstern. Behalten uns im Auge. Reden über uns. Sie lassen sich von Antonin Nechodoma eine Villa bauen! Warum ist er so erfolgreich, dieser Architekt, fragen sie sich, was kostet so ein Haus, fragen sie sich, was machen sie mit diesem riesigen Haus, ohne Kinder. Wo wir unser Dachgeschoss haben ausbauen müssen.

Und die anderen, die Museumsleute und die Kunsthistoriker, sprachen, flüsterten über Skyes Sammlung, ihre Treffsicherheit, die Präzision dieser Sammlung, die sie aus dem Katalog kannten, das muss man anerkennen, aber arbeitet sie nicht in einer Bank? Ich ging hinüber zu Skye, um die sich Kuratoren und ihre Gehilfen versammelt hatten, nahm sie und schob sie in Richtung Büffet. Ich zog sie an mich, so eng, dass ich ihre Wärme spürte, und sagte, sie reden mit mir, diese Leute, und reden doch nicht mit mir. Während sie ihre allzu vorläufigen Ideen preisgeben, ihre lächerlichen Sätze formulieren, die wohl an mich gerichtet sein sollen, starren sie wie blöd über mich hinweg. Als wenn hinter oder über mir eine strahlende Madonna erschienen wäre. Und dann drehe ich mich in meiner Verwirrung und Neugier um, aber was ich da sehe, das bist du. Du stehst da und schimmerst bläulich und es ist nur eine Frage der Zeit, dass sie in die Knie gehen, zu Boden stürzen. Und Skye warf mir einen unernst bösen Blick zu und sagte, du bist betrunken. Du machst dich lustig, wo du mir deinen Dank abstatten solltest, ein bisschen Ehrfurcht würde auch dir gut tun und dann war sie es, die mich lachend mitzog in Richtung Büffet, wo sie mit einer Hand zwei Sektgläser nahm. Eins für mich und eins für dich.

Janet wird ihre Vermutungen haben, dachte ich. Sah hinaus in das Licht, das an den Blättern der Eukalyptusbäume vorbeifiel und spürte eine Böe, die durch die offene Tür zu mir hereinstieß. Die Papiere auf meinem Schreibtisch bebten leicht, ein-, zweimal. Es sah aus, als wachten sie auf, schüttelten sich kurz und schliefen sofort wieder ein.

Janet, dachte ich, könnte ein Gespür für unsere Situation haben. Möglich. Aber außer Antonin wusste niemand, dass wir uns seit vielen Monaten langsam, aber unaufhaltsam voneinander lösten. Dass wir uns mit der herannahenden Fertigstellung des Hauses immer weiter voneinander entfernten. Streit hatte es nicht gegeben. Kaum. Es war mir unmöglich, mich mit Skye zu streiten, wenn Streit bedeutet, laut und ungeordnet und erfolglos Konflikte auszutragen. Aber wir wussten, dass nichts den Umzug in das neue Haus rechtfertigen würde. Dabei war was zwischen uns noch bestand nach den kläglichen Maßstäben der Menschen um uns herum sehr viel. Ich kochte für sie. Ich fuhr bis nach Pittsburgh, um frische Seezungen zu kaufen, weil es ihr Lieblingsessen war. Ich deklamierte Texte für sie, Balladen und Einakter. Sogar nackt. Sie legte mein Geld an und sicherte das Risiko mit ihrem eigenen ab. Sie schenkte mir Komplettwochenenden in New York. Sie begleitete mich zu den akademischen Feiern und den Empfängen, auf denen schuppengeplagte Linguisten rohe Selleriestängel in Joghurtsauce dippten. Sie wusste, dass es wichtig für mich war. Aus diesen gegenseitigen Hilfestellungen, Aufmerksamkeiten, aus dem Respekt, den wir wie selbstverständlich voreinander hatten, ergab sich eine Basis, auf der andere Leute eine Großfamilie gegründet hätten. Aber uns wurde immer deutlicher, je weiter der Bau von Antonins Haus fortschritt, dass dieses Haus nicht mit dem Leben zu füllen war, von dem der Architekt ausgegangen war. Was er von uns verlangte, was er uns in Form dieses Hauses verschrieben hatte, war zu viel. Seine Forderung war zu hoch, aber es war doch eine Forderung, die er aus unserer Beziehung abgeleitet hatte. Aus seiner Beobachtung dieser Beziehung. Und sie schien ihm die einzig natürliche, die einzig angemessene Lebensforderung in unserem Falle zu sein.

Ich hatte aufgelegt und stand da in meinem Büro und betrachtete die Gegenstände, die mich seit Jahren umgaben. Ich teilte sie ein in die unveränderlichen, zum so genannten Gelehrtendasein gehörenden Gegenstände und die veränderlichen, der täglichen Betriebsamkeit zugeordneten. Zur ersten Gruppe gehörten die Bücher in den Regalen, die Lutherbibel auf dem Lesepult. Thut mit ihnen, was euch gefellet, stand da auf der wie zufällig aufgeschlagenen Seite. Und die Bilder, die gerahmten Poster an der Wand und die Möbelstücke. Mitten im Raum stand der grüne Sessel wie eine Warnung. Dann das Andere, Vergängliche. Die Fachzeitschriften und die Stapel von Kopien, die Disketten und Umschläge und alles, was mit den die Institution durchlaufenden Studentenjahrgängen zu tun hatte. Keine Verordnung galt für immer, keine Prüfungsordnung war unumstößlich, alles recyclebar, kein Student verweilte länger als fünf Jahre. Kein Dekan blieb länger als vier, der Universitätspräsident, ein Mormone, heiratete alle drei Jahre und ließ sich wieder scheiden, was niemand wirklich verstand, weil niemand sich traute zu fragen, und er ließ jeweils ein neues, offizielles Foto herstellen für die Weihnachtskarten. Die ich nebeneinander aufgestellt hatte. Präsidentenpaare vor dem Kaminfeuer. Dan mit Haarteil und blutroter Krawatte, daneben eine austauschbare, mal mehr mal weniger krummbeinige Mormonin. Das Siegel der Universität. Die Grußbotschaft.

Braune, ungeöffnete Umschläge stapelten sich in den warmen, massiven Holzregalen meines Büros und wurden alle zwei, drei Jahre entfernt. Papiere vergilbten in der Sonne, verschwanden einfach oder wurden umgewälzt. Computerbestandteile, die ihre Kompatibilität eingebüßt hatten, wurden im Schutz der Nacht von einer Truppe, die sich schlicht Überschuss nannte, abgeholt. Entsorgt. Eine Fünfergruppe. Im Mondlicht konnte man sie an ihren hellen Overalls erkennen.

Es war nicht auf den ersten Blick zu erkennen, dass in diesem Raum ein ständiger, verzweifelter Kampf stattfand. Ich setzte mich hin und begann, einen kritischen, wissenschaftlichen Gedanken zu formulieren, oder ich las eine Arbeit und versuchte, der Argumentation zu folgen, und immer wieder verkrampfte ich mich dabei, innerlich, immer wieder und immer wieder aufs Neue kreisten meine Gedanken um die wenigen Menschen, die meine Welt ausmachten. Immer wenn ich begann, mich mit einem Problem oder einem Phänomen auseinander zu setzen, selbst wenn es ein von mir selbst erfundenes, benanntes, zum Zweck der selbstgenügsamen wissenschaftlichen Analyse in die Welt gesetztes Problem war, glitten meine Überlegungen ab in die Verhältnisse, die mich und mein Leben bestimmten, die Verbindungen zwischen den wenigen Menschen, die mir etwas bedeuteten. Die Missverständnisse, die Reaktionen, die Annäherungen in diesem Lebenskreis waren wichtiger als alles andere. Sie überschatteten die Arbeit, die ich im Schutze dieses Lebenskreises hätte leisten sollen. Ich konnte die Kraft nicht mehr aufbringen zu einem reinen Gedanken. Alles galt nur in Beziehung zu jemandem, sonst war es nicht gültig oder verständlich. Sonst bedeutete es nichts. Kein Gedanke, so entfernt und abstrakt er auch schien, war ohne Einfluss auf mich und auf die Menschen, die mich umgaben. Jede Vorstellung war wie der Plan zu einem Haus, und ich war der verantwortliche Statiker. Aber anstatt den Plan abzuzeichnen, wie es von mir verlangt wurde, statt kühl die erforderlichen Berechnungen anzustellen, richtete ich mich im Geiste in dem Haus ein. Träumte von einem Leben, einer Lebensform, von den Bestimmungen, die in diesem Plan angelegt waren. Dachte, dieses Haus betrifft mich. Ich bin gemeint.

Hier muss ich leben, hier will ich stehen, wenn du läufst, Schutz suchend, weil dich der Wirbelsturm jagt. Dann will ich die Tür hinter dir zuziehen, will dir Fragen stellen, Fragen aller Art, will mich im Milwaukee, im Cincinnati deiner Erinnerung umschauen. In der Stadt, in der deine Ängste hausen, in der deine Vorstellung spazieren geht. Ich frage, wie die Häuser aussahen, die dir auf der Flucht nicht offen standen. Während du dir mit dem schweren Handtuch die Haare trocknest, frage ich, wie die Männer und Frauen hießen, die dir keinen Unterschlupf gewährten. Du weißt es nicht. Ich sage es dir. Und wie lange heulten die Sirenen und möchtest du einen Tee. Du weißt es nicht. Ich sage es dir. Die oberen Fenster lassen wir auf, sage ich, dunkelbraun lackierte Flügelfenster unter einem flachen, schützenden Dachvorsprung, denn der Sturm, der dich gejagt hat, ist über uns hinweggezogen. Bedroht uns nicht mehr. Der Sturm hat die warmen Luftmassen in den Süden gedrückt, ich habe es im Fernsehen verfolgt, in Kansas ist die Hölle los, hier sind wir geschützt, der Regen fällt wieder gerade herunter, von oben nach unten, wie es sich gehört, er dringt hier nicht ein.

Jake, dachte ich, ich werde Jake anrufen. Jake ist nicht aus meiner Welt, aus dieser Welt. Jake steht im Leben, arbeitet, hat ein Kind, gibt mehr Geld aus als er verdient, was eine Tugend ist in diesem Land, Jake grillt hin und wieder und wäscht sein Auto, nicht jeden Samstag, sondern wenn es schmutzig ist. Jake werde ich anrufen, an seiner Normalität kann ich mich aufrichten. Er redet mir ins Gewissen, indem er über die Aktienkurse redet. Und ich nehme den Hörer ab, wähle seine Nummer, die ich im Kopf habe, nicht, weil ich ihn so oft anrufe, sondern weil sie unveränderlich ist. Es ist eine alte, alteingesessene Familiennummer. Keine junggesellenhafte Zahlenreihe mit begrenzter Gültigkeitsdauer. Und da ist ihre Stimme. Erin sagt Hallo oder Hi und dass ich mich lange nicht habe blicken lassen, Herr Professor. Komm doch mal vorbei, wenn wir grillen, höre ich sie sagen. Dann muss ich mich nicht mit meinem Vater unterhalten. Ich ignoriere die Sirenentöne, frage sie nach ihrem neuen Auto, nach den Collegeplänen, nach der Arbeit in der Mall. Und sie sagt, du hast den Wagen gesehen? Bist vorbeigefahren und hast nicht angeklopft? Aber Erin, sage ich, ich fahre jeden Tag bei euch vorbei, soll ich jeden Tag anklopfen? Und als Erin meint na ja, sage ich, gibst du mir jetzt bitte Jake. Jake-Boy, ruft sie, Väterchen, dein Freund der Professor ist am Apparat, und gibt ihm den Hörer. Wir verabreden uns zu einem Lauf, später, wenn es kühler geworden ist. Wir sollten uns im Park treffen, meint er und er sagt, weißt du, ich kann sie nicht mehr bändigen, bin froh, wenn sie im College ist.

Und dann verschwindet die Sonne hinter dem Hügel,

die Terrasse liegt still, die warmen Farben treten noch einmal, wahrer, aus den Bäumen und Sträuchern heraus. Ich ziehe mich im Büro um, packe meine Tasche und schalte den Computer aus. Dass da Dinge nicht gespeichert, nicht abgeschickt sind, ob ich sie speichern, abschicken will, jetzt oder später, fragt es mich und ich klicke OK, OK, OK. Und ich denke, wann wirst du dazu kommen, wann wird es dich wieder interessieren. Auf der Ebene T2 steht ein einziges Auto. Ich fahre über die kleine, katzenbucklige Brücke, vorbei an einem lehrerhaften Vierzigjährigen, den ich hier noch nie gesehen habe. Seine Haltung und seine abgeschabte Kleidung zeugen von einem anderen Leben. Er gehört nicht hierher. Vermutlich ein Leben als Katastrophe. Ein verklemmter und ängstlicher Mensch. Biederer Trieb und in der Folge unvermeidlicher, peinlicher Absturz. Ich kenne ihn nicht, und ich weiß nicht, warum ich ihn so einschätze. Vielleicht sucht sich hier ein Inhalt sein Behältnis. Vielleicht liegt in dieser Erscheinung alles, was in unserer aufgeräumten, planmäßigen, steten Welt keinen Platz findet.

# 4

In der ersten, noch milden Sommerwoche hatte Helene angerufen und mich förmlicher, als mir notwendig schien, um ein Gespräch gebeten. In der vertrauten Stimme lag nervöse, bereits müde Aufregung. Die Endphase einer sich langsam im ganzen Inneren ausbreitenden Erschütterung. Sie schien beinahe schon resigniert. Ich war gar nicht erst ins Büro gegangen, sondern von der Tiefgarage durch einen Hain von Bäumen gelaufen, deren hellbraun bis graue Rinde sich ständig abschälte und von innen heraus erneuerte. Es war diese bleiche, bescheidene Farbe, die den Außenanstrich vieler Gebäude hier inspiriert hatte. Ich folgte dem Bach stromaufwärts. Er rauschte den ganzen Sommer, das ganze Jahr hindurch. Das klare, kühle Wasser zerrte an den Gräsern der Böschung. Kaum einmal, dass es sich am Ende einer großen Dürre beruhigte. Hin und wieder stürzten sich einzelne Blüten hinein und ließen sich mitreißen, um in der Nähe der mathematischen Fakultät ans Ufer gespült zu werden.

Als ich am Turm angelangt war, wusste ich ohne mich umzuschauen, dass hinter mir das Gastzentrum verschwunden war. Es war eine Auflage von George Kauffman selbst, hatte Antonin erklärt, dass von keinem Gebäude aus ein anderes zu sehen ist. Deshalb haben wir so viel und doch so wenig Platz. Auf dem Campus gibt es keinen Ort mehr, der nicht von mindestens einem Gebäude aus einsehbar ist. Deshalb sollte eure Terrasse geopfert werden, hatte er gesagt. Die Laube verstößt gegen Kauffmans eiserne Regel. Genau genommen ist sie ein eigenständiges und vom Institutsgebäude aus sichtbares Haus. Terrasse hin oder her. Und dass man euch in die Büros und auf die Schreibtische schauen kann, siehst du ja an Janet. Die dich vom Treppenhaus des Instituts überwacht.

Andererseits gab es einige wenige Stellen, von denen aus zwei oder mehr Gebäude sichtbar waren. Die hatte der Gründer besonders markieren lassen. Es waren Orte der Ruhe, Orte des Ausgleichs zwischen Nähe und Entfernung. Dort, in Lichtungen, an Wegkreuzungen und auf den Kuppen der Hügel standen schlichte, eckige Holzbänke, Skulpturen oder winzige japanische Wegtempel und Parklaternen. Sie luden zum Verweilen und zum Nachdenken ein. Hier wurden die Verhältnisse, die die Institution beherrschten und durchzogen, verständlich.

Es war unklar, ob die Gründer dem Turm, den ich jetzt betrat, um dort an einem runden, freistehenden Stahltresen einen Cappuccino zu bestellen, eine bestimmte Funktion zugedacht hatten. Auf jeden Fall war sein Zweck nicht mehr zu erkennen. Er war achteckig und zweistöckig, einer Mühle nicht unähnlich. Aber weder eine Mühle noch eine Sternwarte oder ein Wasserturm wären an dieser Stelle, in dieser schattigen Senke, sinnvoll gewesen. Vielleicht hatten sie ihn einfach gebaut, weil sie ihn hatten bauen können. Weil er von mehreren Hügeln eingekesselt war und weit unterhalb des Wasserfalls lag, an dem sich die Bibliothek befand. Ein hohes Gebäude war hier möglich, weil der Ort weder Ein- noch Ausblicke gewährte.

Während ich auf meinen Cappuccino wartete, verfolgte ich mit den Augen die hölzerne Treppe, die sich zur zweiten Etage hinaufwand. Sie endete an einem Absatz vor einer Tür, hinter der sich ein schummriges, gelegentlich von Antonins Praktikanten benutztes Atelier befand. Draußen an der Wand, an alten, hölzernen Garderobehaken, hingen ein grüner Lodenmantel, ein Lederriemen und ein Stock, der aus der Entfernung wie eine Flinte aussah. Auf dem Boden standen blankgeputzte, schwarze Lederschuhe.

Ich zahlte, nahm den Pappbecher und ging hinaus in Richtung Bibliothek. Was wollte Helene von mir? Warum hatte sie diesen verhaltenen Ton am Telefon, als sie mich bat, sie in der Bibliothek zu treffen? Sie hatte sich länger nicht gemeldet. Antonin hatte sie, so schien es, in den letzten Wochen und Monaten ganz an sich gezogen. Er hatte sie auf Baustellen mitgenommen und auf Gesellschaften herumgezeigt. Skye hatte mich gefragt, wo sie steckte, warum sie nicht vorbeikam. Ich wusste es nicht und traute mich nicht zu fragen. Denn ich hatte Angst, mich in Erinnerung zu rufen, und ich ahnte, dass das Gleichgewicht, das unser Verhältnis beinahe vom ersten Augenblick an bestimmt hatte, nicht mehr bestand. Etwas war aus dem Lot geraten.

Ich war zu früh. Ich lief langsam in Richtung Bibliothek, saß ein paar Minuten lang auf einer Bank, warf den Pappbecher in einen Eimer. Ich stand auf der Brücke, die den Zugang zur Bibliothek bildete und staunte über die Dramatik dieses Gebäudes, das beinahe frei schwebend, ohne tragende Teile, über den Wasserfall hinausragte. Die Rückseite war in eine schroffe Felswand hineingebaut, und es sah aus, als klammerte sich das ganze Gebäude daran fest.

Man stieg durch einen engen, versteckten Treppenaufgang in diese Bibliothek ein. Sah dann die Studenten an ihren Tischen, grüßte einige. Die Bibliothekare steckten ihre Köpfe aus den in die Felsen gehauenen Lagern heraus wie aus einem Winterbau, schauten besorgt in die Richtung des Wasserfalls. Erspähten sie Bücher, die zu nah an den weit geöffneten Fenstern lagen, dann kamen sie zu ihrer Rettung herbeigeeilt und stapelten die eingesammelten Bände auf ihre unvergleichliche Bibliothekarsart in der linken Armbeuge. Bis unter das Kinn mit gerettetem Gut beladen, liefen sie zurück in ihre Lager fern der zersetzenden Gischt des ewig tosenden Wasserfalls.

Eine von dünnen Stangen gehaltene, geländerlose

Treppe führte aus dem lichtdurchfluteten Lesesaal hinab und endete in einer Plattform knapp über dem Wasser. Das ganze Gebäude hatte etwas von einem Ufo, das einen Einstieg herabgelassen hatte für die Menschenkinder. Ich setzte mich auf die Stufen an der Badeplattform und überlegte kurz, ob ich die Schuhe ausziehen sollte. Ich unterließ es.

Zehnmal kam Helene in meiner Vorstellung die Treppe herunter, sprach mich an, setzte sich neben mich. Einmal sagte sie nichts und ich legte meinen Arm um ihre Schulter, als Geste der Freundschaft. Ein anderes Mal strahlte sie. Sie trug ein gelbes Sommerkleid, als sie die Stufen hinabschritt. Dann setzte sie sich neben mich und gab mir einen Kuss auf die Wange, freundschaftlich. Oder sie blieb oben am Eingang stehen und bat mich mit gedämpfter Stimme, in dem Bemühen, den Wasserfall zu übertönen und dabei die Ruhe des Lesesaals nicht zu stören, hinaufzukommen. Sie wolle mir etwas zeigen. Oder mich jemandem vorstellen. Mein Vater ist zu Besuch, ganz überraschend, sagte sie. Darf ich vorstellen. Vater, das ist. Oder Alex. Der sagen könnte, Sie sind Deutscher, nicht wahr? Kennen wir uns nicht irgendwoher? Sie kommen mir bekannt vor. Das glaube ich nicht, würde ich sagen. Und was hat Helene Ihnen alles von mir erzählt?

Ich finde es auf jeden Fall ausgezeichnet, dass Sie sich so um Helene kümmern. Oder gekümmert haben.

Oder. Mein Vater ist tot, könnte sie sagen. Ich muss

nach Düsseldorf und ich weiß nicht, wann ich zurückkommen werde. Und. Kommst du mit? Oder. Nicht. Dachte ich.

Und dann hatte ich sie vielleicht zum siebten oder achten Mal vor Augen, wie sie die Treppe herunterkam. Ich hatte sie erst gar nicht gesehen, sie stand schon beinahe hinter mir, dann sagte sie so etwas wie: Bleib sitzen, ich komme zu dir. Sie stützte sich auf meine Schulter und setzte sich etwas unsicher neben mich. Dann sagte sie: Du kannst dich jetzt entscheiden. Ich gebe dir jetzt die Chance, mit mir darüber zu reden, was du mit deinem Leben anfangen willst. Willst du denn etwas damit zu tun haben?, fragte ich. Ja, sagte sie. Du wirst nicht in das Haus ziehen, oder? Nein, antwortete ich. Ich kann es nicht. Skye hat Recht. Es ist ein leidenschaftliches Haus. Der offene Plan. Die glänzenden, matten, harten, samtigen Materialien. Stein und Holz und wie das Licht einfällt. Man muss dieses Haus bespielen wie ein Instrument. Wenn es zu kalt oder zu warm wird, verzieht sich das Material. Ihr habt euch auseinander gelebt, sagte Helene. Antonin ist von falschen Voraussetzungen ausgegangen, antwortete ich. Als er das Haus zeichnete, hatte er vielleicht noch Recht damit. Zumindest bestanden noch Möglichkeiten, das Haus mit Leben zu erfüllen.

Ich spulte die Szene in meinem Kopf zurück und dann stand sie noch einmal oben an der Treppe. Ich hatte mich umgedreht und sie gesehen und hatte mich gefragt, wie lange sie dort oben schon wartete. Sie lächelte, als ich hinaufsah. Das Wasser blendete sie. Sie trug eine Sonnenbrille und ein gelbes Sommerkleid. Ihre Schultern waren bleich, beinahe weiß. Sie zögerte herunterzukommen. Stehst du schon lange da?, fragte ich. Nein, erst eine halbe Stunde. Ich habe dich eine halbe Stunde lang beobachtet, sagte sie. Aber das stimmte nicht. Oder eine halbe Ewigkeit lang, sagte sie dann. Komm herunter, sagte ich. Sie zögerte.

Du sitzt da, und die Landschaft um dich herum verändert sich im Zeitraffer. Es ist Sommer, und du sitzt da in deinem Sommeranzug. Dann fallen die ersten Blätter, eine Menge Leute flitzen durch den Hintergrund zu den ersten Vorlesungen im September und dann zu den Prüfungen im Dezember und die Bäume sind längst kahl und einsam und du sitzt da in deinem Sommeranzug, ganz still, während sich um dich herum alles verändert. Der Bach vereist bis an den Rand des Wasserfalls. Man hört das Rauschen, aber es bewegt sich nichts. Auf einmal ist Ruhe im Bild, bis sie aus den Weihnachtsferien wiederkommen. Eingepackt in Stiefel und dicke Steppmäntel gehen sie, bepackt mit Rucksäcken voller Physikbücher und Lehrbücher für die Anthropologieübung, während du hier sitzt und auf mich wartest. Du scheinst nicht zu frieren. Du sitzt da, als wärst du ausgeschnitten und in das Bild dieser Landschaft hineingeklebt. Wie eine billige Fotomontage. Und jetzt zeigt sich auch die Sonne schon wieder, sagte Helene und stand weiterhin oben an der Treppe, noch halb im Lesesaal. Dein grauer Anzug passt in die graue Landschaft. Das Eis bricht auseinander und der Wasserspiegel steigt. Dass er beinahe die Plattform berührt und deine schwarz glänzenden Schuhe beleckt, die jetzt in der ersten Frühlingssonne blitzen. Du schaust nicht auf, denn es ist erst März und ich bin noch nicht da, denkst du. Der Schnee ist verschwunden. Es scheint jetzt wieder etwas dunkler zu sein. Die Studenten, die dort auf der Brücke vorbeilaufen, reden jetzt weniger. Sie gehen in die Bibliothek zum Lernen und kommen spät abends heraus. Sie sind hungrig. Einige sehen gehetzt aus. Du bleibst sitzen, auch im Dunkeln, wenn über dir im Lesesaal die Lichter angehen. Die Bibliothekare schauen an mir vorbei hinunter und fragen, was du dort machst. Ich erzähle ihnen, dass du dich gerade erst dort hingesetzt hast. Gerade erst im letzten Sommer. Du wartest auf mich und willst dich ein bisschen ausruhen. Dann beginnt die Landschaft aufzuwachen. Eines Morgens geht die Sonne in Sekundenschnelle auf und man spürt so etwas wie Tau in der Luft. Die Bäume schlagen aus. Kleine, hellgrüne Punkte werden schnell größer, wachsen an und verbinden sich miteinander zu Laub. Kurz darauf ist alles dicht. Man muss schon ziemlich weit nach oben schauen, was du nicht tust, um das Frühlingslicht zu sehen. Da blinkt und blinzelt die Sonne durch das Blätterdach. Die Studenten gehen jetzt leichter gekleidet, sie laufen in Paaren und in kleinen Gruppen und reden wieder miteinander. Man kann vermuten, sie machen Pläne für den Sommer und für das Leben. Und was sie ihren kleinen Geschwistern mitbringen werden und was sie nach dem College vorhaben und ob sie einander lieben oder mögen oder ob sie sich schreiben wollen und wie die Klausur ausfallen wird. Oder wie hoch der Schuldenberg ist, auf dem sie sitzen. Ob sie einmal Kinder haben wollen. Natürlich ja, und wie viele. Du sitzt da, sehr nachdenklich. Ich glaube, du hast dich vor dem Hintergrund bewegt. Es wird heller und wärmer und auf einmal ist niemand mehr da. Hin und wieder gleitet hier eine Blüte vorbei und stürzt sich hinunter. Du ziehst die Jacke aus und legst sie neben dich. Du nimmst eine Zigarette und zündest sie an, was mich wundert. Ich wusste nicht, dass du rauchst. Du machst einen Zug und schließt die Augen. Auf der anderen Seite der Brücke laufen ein paar Bauarbeiter vorbei, die dich mit einer kurzen, freundlichen Handbewegung grüßen. Du erwiderst den Gruß mit einem Nicken. Mit Bauarbeitern kennst du dich aus. Dann, nach ein paar Tagen oder Wochen, die im Fluge vergehen, drehst du dich um und sagst. Da bist du ja. Komm herunter. Wartest du schon lange. Und ich sage nein. Eine halbe Stunde vielleicht, was du mir nicht glaubst.

Helene trug eine große Sonnenbrille und hatte einen beinahe orangefarbenen Lippenstift aufgelegt. So, wie sie sich inszeniert hatte, erschien meine Mutter auf unzähligen Fotos, die Ende der fünfziger Jahre in Paris entstanden waren. Obwohl sie als Au-Pair gearbeitet hatte, war sie mit Stil und einem an Übermut grenzenden Selbstbewusstsein dort aufgetreten. Sie hatte mit großen, dunklen Sonnenbrillen, mal mit, mal ohne Kopftuch, vor Sacre Cœur, vor dem Arc de Triomphe, im Café auf einem Boulevard oder vor einem Taxi posiert. Mal war sie ernst, mal lachte sie und beugte sich vor, als sei sie im Begriff, die Zunge herauszustrecken. Manchmal zeigte sie ein Knie wie die Filmstars, die sie bewunderte. Sie stieg in Autos ein, als sei sie gerade aus einem Bühneneingang herausgekommen und entfliehe nun dem Fotografenpack. Mein Vater behauptete, er wüsste nicht, wer diese Bilder gemacht hat.

Komm herunter, sagte ich. Helene nahm die Brille in die Hand, sah mich an und schüttelte den Kopf. Aber dann stieg sie langsam die Treppe hinunter. Tat einen Schritt nach dem anderen und hielt sich an der Mauer des Einstiegs fest, so weit es ging. Dann stand sie frei, stieg Stufe für Stufe hinab, mit dem linken Fuß zuerst und zog den rechten nach. Sie wirkte unsicher, wie eine Blinde, trotz ihrer flachen Schuhe. Ich streckte meine Hand aus. Sie zögerte nicht, danach zu greifen, als sie in meine Reichweite kam. Behutsam setzte sie sich neben mich, ohne meine Hand loszulassen.

Helene sagte nichts. Ich nahm ihre Sonnenbrille. Sie schien versunken in den Anblick meiner Hände, die damit spielten. Ich sah, dass sie ernster war, als ihr Auftritt oben an der Treppe hatte vermuten lassen. Dem Ton entsprechend, mit dem sie mich am Telefon um dieses Gespräch gebeten hatte. Sie legte ohne ein Wort zu sagen beide Arme um meinen Hals und lehnte sich mit ihrem ganzen, warmen Körper an mich. Ich spürte einen langen, langsamen Kuss unterhalb des Ohres, an dem Muskelstrang, der sich von der Brustseite des Schlüsselbeins hinauf zum Hinterkopf zieht. Wusste, dass es ein trauriger, zumindest ein schwerwiegender Anlass war, der uns hier zusammengeführt hatte. In meinem Kopf zog sich etwas zusammen. Es war die Region in meinem Gehirn, in der die Bilder und Hoffnungen meiner Jugend abgelegt waren. Als hätte ich das hier schon einmal erlebt, und die neuen Eindrücke müssten nun das bereits Erlebte und Verstandene verdrängen. Wogegen sich etwas in mir wehrte. Eine Datei mit dem Namen … besteht schon in diesem Verzeichnis. Möchten Sie die ältere Datei mit der neuen ersetzen? Nein nein nein, aber dieses Nein bringt dich nicht weiter. Die Frage wird wiederholt, bis du Ja sagst. Bis du dich ergibst.

Helene blieb in dieser Haltung, in dieser Pose, drückte sich an meinen Hals und an meinen Körper, zögerte, sagte: Warum nur das Jahr manchmal so kurz, manchmal so lang ist. Vergängliches und Dauerhaftes greifen ineinander. Aber alles, auch das Vergängliche, hinterlässt eine Spur. Irgendwo. In der Natur. Am Rand dieses Baches. Ablagerungen wertvollsten Biomaterials. Und ich dachte an mein Büro, an die Umwälzungen in den Papierstapeln, Anträge mit Verfallsdatum, nie abgeschickt, Druckfahnen von Texten, die längst bis zur Unkenntlichkeit verändert worden waren. Ich dachte an die Seminararbeiten von längst verschwundenen, vergessenen Studenten. Die jetzt ein Leben an einer Küste führten, in einem Rechtsanwaltsbüro oder in einer Regierungsstelle. Büromenschen, die einen spektakulären Ausblick genossen oder einen Firmenwagen. Sie bestanden als Namen, Einträge im KISS-System, als Papiere, Unterschriften, als Auszüge aus Studienbüchern. Spuren von Menschen, die nicht mehr erreichbar waren. Verzogen. Oder verstorben.

Ich kann hier nicht bleiben, flüsterte Helene, meine Zeit ist abgelaufen, und ich spürte, dass sie weinte und ich dachte, dass ich es schon gewusst hatte. Ob sie zurück nach Deutschland wolle?, fragte ich sie. Nein, antwortete sie. Das könne sie wohl nicht. Ihr Kinn ruhte auf meiner Schulter und sie sprach leise und nahe an meinem Ohr vorbei. Sie sprach von Antonin und von mir und sie sagte, dass sie Skye verehre und dass Antonin ein brutaler Mensch sei, während ich auf den flimmernden Sonneneinfall auf der Wasseroberfläche starrte. Und dass sie ihm verfallen sei. Er habe sie dazu gezwungen. Habe sie unterworfen. Passiv-aggressiv. Ich weiß, was du denkst, sagte sie. Ich hatte die Wahl. Ich hatte die Freiheit. War gewarnt. Und dann. Dass Larry es gewesen sei, der sie gewarnt hatte, vor seinem Vater und auch vor mir. Dass in diesem Spannungsfeld niemand glücklich werden könne. Und Skye hatte sie nur ansehen müssen, und sie hätten sich nicht weiter austauschen müssen. Ein ganz natürliches, ein vollkommenes Einverständnis habe zwischen ihnen bestanden. Dass sie Recht hatte, dachte ich. Es hatte keinen Sinn, sie zum Bleiben zu überreden.

Es dauerte lange, bis sie sich beruhigt hatte. Wir sprachen lange über Antonin, über seine Rücksichtslosigkeit, und ich erzählte ihr, wie Skye und ich ihn kennen gelernt hatten. Wie nah er uns immer gewesen war. Dass er natürlich zu allem, was wir taten und zu allem, was ich dachte und plante, dazugehörte. Er war eine Bedingung, eine Voraussetzung für unser Leben, nicht wegzudenken. Ich urteile nicht. Nehme ihn hin, wie er ist. Antonin ist eine Selbstverständlichkeit für uns. Ich habe mir niemals die Frage gestellt, warum, warum er mitten in unserem Leben steht, und ob es nicht besser wäre, wenn. Wenn er uns in Ruhe ließe. Sein Talent jemand anderem zur Verfügung stellte.

Helene richtete sich schließlich auf, blickte mich an und begann von ihrer Kindheit zu erzählen. Zögernd. Sie erzählte von einer Zeit, die sie das Schildkrötenjahr nannte. Sie lenkte mein Interesse auf ihre Geschichte. Zum ersten Mal. Als hätte sie das Bedürfnis, nun die Vertrautheit, die sie niemals vorher hinterfragt hatte, zu rechtfertigen. Es war, als wollte sie mich plötzlich zum Mitwisser machen. Als hätte sie den Wunsch, mich in den Verhältnissen ihres Lebens neu einzuordnen. Sie ist im Gegensatz zu Antonin alles andere als eine Selbstverständlichkeit. Dachte ich. Kritisierbar, verwundbar, kämpft sie um einen Platz an unserem Tisch.

Als sie zehn war, beschloss ein Ärzteteam, ihre untere Wirbelsäule zu richten und mit einer Schiene aus sterilem, rostfreiem Stahl zu fixieren. Die Operation fand am Anfang des Sommers statt. Ich ärgerte mich, erzählte sie, weil Ferien waren. Dabei hatten sie mir erklärt, dass ich ein ganzes Jahr nicht in die Schule gehen würde. Also würde es auch keine Rolle spielen, ob Ferien seien oder nicht. Aber ich wollte wegfahren wie alle Kinder. Oder ich wollte im Garten sitzen und frisch gepresste Limonade trinken wie jedes Jahr. Ich wollte an die Rheinwiesen fahren und über die tiefen, harten Furchen hüpfen, die irgendwelche Lastwagen oder Traktoren nach dem Frühlingshochwasser dort hinterlassen hatten. Ich wollte unseren Nachbarn dabei erwischen, wie er uns mit seiner Super-8-Kamera im Garten filmte. Dass er uns beneide um unser Familienleben, hatte er gesagt, als mein Bruder ihn einmal zur Rede stellte. Er wolle das Glück filmen. Er war Alkoholiker. Seine Frau auch. Sie hatten keine Kinder. Wenn ihr Auto morgens mit offenen Türen im Vorgarten stand, lachten wir. Einmal hatten sie ihren Mini gegen eine Laterne gesetzt. Die Kinder aus der Nachbarschaft standen vor ihrem Schlafzimmerfenster und riefen. Wachen Sie auf, Herr Riehl. Ihr Auto ist kaputt. Einmal hatten sie vergessen, die Haustür zuzuziehen. Wir wagten uns am frühen Morgen hinein. Schlichen uns durch das dunkle Chaos des Flures. Sie lagen auf dem Bett, nackt, haarig und ineinander verschlungen. Ich hatte so etwas noch nie gesehen. Sie hatten sich im Rausch geliebt. Im Zimmer verstreut lagen Kleidung, Decken, eine Flasche. Eine Tablettenpackung. Es roch süßlich-scharf nach Schweiß und Alkohol. Sie rührten sich nicht. Ich war hingerissen von diesem Anblick. Es nahm in diesem Augenblick mein kindliches Denken und Fühlen vollständig ein. Was sich vor unseren Augen ausbreitete war Natur, und es war gewaltig und auf eine ganz neue Weise schön. Wir standen da und starrten. Auf einmal spürten wir, jeder für sich, wie ernst es war mit dem Leben. Wie nah die Höhen und die Tiefen beieinander lagen, wie ähnlich sie sich eigentlich waren. Und auf einmal wussten wir auch, was es mit der Liebe auf sich hatte. Wir schlichen uns hinaus und zogen vorsichtig die Tür ins Schloss.

Sie legten mich auf einen Tisch im St.-Anna-Krankenhaus. Meine Mutter küsste mich auf die Stirn. Ein Mann, derselbe, der später behauptete, ich hätte während der gesamten Operation fest geschlafen, legte mir eine Plastikmaske an und träufelte mit großer Vorsicht etwas hinein. Er bewegte seinen Mund in der Stille, die jetzt eintrat, und lächelte. Ein Team von Ärzten kam lautlos herein. Sie taten so, als sprächen sie miteinander, aber es war nichts zu hören. Einer kam und legte seine Hand auf meine Stirn. Sie wuschen sich ausgiebig die Hände. Krankenschwestern hielten ihnen frische Handtücher hin und blickten demütig zu Boden, während sich die Herren bedächtig abtrockneten. Eine weitere Krankenschwester kam herein und trug ein Blechtablett vor sich her, so, wie ein Kellner bei einer Kreuzfahrt ein flambiertes Dessert kredenzt. Sie trug eine altmodische Haube. Ich war verwirrt, als ich sah, dass sie stehen blieb und einen Knicks machte. Ich war enttäuscht über diese Geste, hatte mir ein schnelles, kollegiales, professionelles Hand-in-Hand vorgestellt, nicht dieses stockende Ritual. Ich sah, ohne meinen Kopf zu heben, die Stahlstange und die blitzenden Werkzeuge, die sie präsentierte. Ich hatte keine Angst. Sie dachten, ich schliefe. Aber sie hatten nur die Welt um mich zum Schweigen gebracht. Der Operationsraum war kühl und still und in ein scharfes Blau getaucht.

Sie drehten mich um, schnitten mich auf, betrachteten mein Inneres, diskutierten kurz und nickten einander zu. All das beobachtete ich aus der Vogelperspektive, die mir in diesem Augenblick die natürlichste schien. Dann passten sie unter großen Anstrengungen die Stange an meine Wirbelsäule an. Mehrmals musste sie wieder entnommen und in einem speziellen Gerät gerichtet werden. Schließlich schraubten sie sie mit Klammern oder Beschlägen an von der Art, wie ich sie einmal auf einem Segelboot gesehen hatte. Einer von ihnen, ein Jüngerer mit einer scharf gezeichneten, ausgesprochen geraden Nase, nähte mich zu, während die anderen schon wieder an den Waschbecken standen und miteinander redeten. Worüber sie sprachen, konnte ich nicht hören. Dann legten mir die Schwestern mit großer Vorsicht einen mächtigen, aus vielen Schichten bestehenden Gipspanzer um, was sehr lange dauerte und weniger kurzweilig war als die Operation.

Als wieder Stimmen und Klirren und das Quietschen von Gummisohlen in meine Welt eindrangen, begann ich, meinen gefangenen Körper zu spüren. Ich konnte nur noch meine Arme und meine Füße bewegen. Zwei Wochen später wurde ich in einen Krankenwagen verfrachtet. Zwei Männer fuhren mich auf einer Bahre über die Einfahrt zum Haus. Meine Eltern und Alex liefen neben der Bahre her. Nachbarn kamen heraus und riefen. Herzlich willkommen daheim. Die Männer legten mich auf das Bett. Meine Mutter fing an zu weinen und lief ins Wohnzimmer. Sie hatten mir ein neues Bett gekauft, mit einer festeren Matratze. Darüber freute ich mich. Hoch oben auf dem Schrank stand ein kleiner, mit Hilfe eines Bücherstapels nach vorn gekippter Fernseher. Nicht ein einziges Mal lief er in dem Jahr.

Mein Schildkrötenjahr war ein glückliches Jahr. Mein Stiefvater las mit sonorer Bassstimme Romane vor und Geschichten, die er selbst verfasst hatte. Er begann, etwas zu erzählen, dann unterbrach er sich und sagte. Ich werde es dir später vortragen. Ich muss mir überlegen, was wirklich passiert ist. So eine Geschichte will durchdacht sein. Eine Woche später oder zwei las er mir die fertige Erzählung vor. Daraus ist eine Sammlung entstanden. Tierkreiszeichen heißt sie und man konnte sie eine Zeitlang in Düsseldorf oder Köln kaufen. Es war ein kleiner Verlag.

Meine Mutter war anfangs traurig und versuchte, diese Traurigkeit vor mir zu verstecken. Bis sie merkte, dass ich durchaus nicht unzufrieden war. Dann kam sie und saß stundenlang an meinem Bett. Sie fragte mich, ob es zu kalt oder zu heiß sei. Sie riss die Fenster auf.

Sie fragte, ob die Sonne blende. Sie zog die Vorhänge zu oder sie zog sie auf. Sie presste Zitronen aus, goss Wasser auf den Saft und mischte Eiswürfel und Zucker hinein. Sie sprach über uns, über unseren Vater. Über das Schuldgefühl. Weil sie den Stiefvater mehr liebte als sie jemals unseren Vater geliebt hatte.

Ein Lehrer kam und erklärte mir den Stoff des Tages in ein oder zwei kurzen, freundlichen Stunden. Die Mutter fragte mich später ab. Sie hielt mir eine kleine Tafel vor und ich rechnete im Kopf. Deutsche Satzbaupläne, Adverbialphrasen und die kurzen, illustrierten Geschichten über ein Geschwisterpaar in Brighton lernte ich auswendig. Tommy and Sandy are walking to school. Walk to school. Did they walk to school? Were they walking? Did you see them walking?, fragte meine Mutter und ich verstand, was sie meinte. Together. Zwei Finger meiner linken Hand liefen ein paar Schritte über meinen Brustpanzer und trafen dort mit zwei Fingern meiner rechten Hand zusammen, und meine Mutter lachte und gab mir einen Kuss. Sie schrieb mit, wenn ich Vokabeln und ganze Sätze vorbuchstabierte, und zeigte mir, was sie geschrieben hatte. Ich lernte zusätzlich Latein, weil mein Stiefvater es sich wünschte. Und weil ich ihn verehrte, konjugierte und deklinierte ich mehr, als er erwartete. Ich lernte Modalpartikeln und die deutschen subordinierenden Konjunktionen, um ihm eine Freude zu machen. Wenn er nach Hause kam, begrüßte ich ihn mit einer Konzessivkonstruktion. Das Einerseits-Andererseits meiner Lebensumstände wurde so sinnvoll aufeinandergereiht. Aus dem schlichten Und wurde ein Zwar-Aber. In der Grammatik hatte eben alles seinen Platz.

Alex kam nach der Schule und erzählte mir, was dort passiert war. Ich fragte ihn aus über die Lehrer und seine Mitschüler. Er erzählte mir, wer was konnte und wer was gemacht hatte und wo sie gewesen waren und was sie probiert hatten. Er beschrieb mir die Mädchen in seiner Stufe und klassifizierte sie nach einem System, das mir unverständlich war.

Ich lag und las alles, was sie mir brachten. Meine Vorstellungskraft entwickelte sich und ließ sich nicht mehr steuern. Bändigen. In meinem Kopf entstanden Bilder, Szenen, wurden verändert, Figuren wuchsen heraus aus den Geschichten, die ich las. Wurden lebendig. Standen an meinem Bett und sprachen mit mir.

Im Winter, am Wochenende, schlief Alex manchmal auf einer Luftmatratze in meinem Zimmer. Dann holte er eine Kerze und trug Geschichten von Edgar Allan Poe vor. Er wollte mir vorlesen wie der Stiefvater. Der Untergang des Hauses Usher verfolgte mich über Jahre hinweg. Alex schenkte mir das Reclamheft, als wir damit fertig waren. Mord in der Rue Morgue und das Fass Amontillado verstand ich nicht. Aber die Geschichten hinterließen in mir eine Spur von Unruhe. Eine allgemeine Angst vor der Welt der Erwachsenen. Immerhin lernte ich, dass es Menschen gab, die aus Motivationen heraus handelten, die mir fremd waren. Man konnte also anderes wollen. Man konnte auch unter fremden

Einflüssen stehen und dann zu einer Handlung gezwungen sein. Und vielleicht spielten Mächte dieser Art in meinem Leben eine Rolle. Und was ich glaubte zu denken und zu wollen oder zu müssen war nichts anderes als dieser Einfluss. Vielleicht war das, was ich für mein Inneres und Privates gehalten hatte, in Wirklichkeit ein Brückenkopf der Außenwelt, die etwas von mir oder mit mir wollte. Die einzelne Bilder in meiner Fantasie einpflanzte, um später als Ernte ganze Bildergeschichten mit unzähligen Alternativen und Schlussfolgerungen einzufahren. Ehebrecher, Opiumraucher, Tote, Lebende, die ganze dekadente Versammlung stand über mir und lachte mich aus, weil ich gedacht hatte, meine Ideen entstünden aus mir selbst. Einmal las mein Bruder die Geschichte von einem Mann, der alles tat, um in keinem Fall lebendig begraben zu werden. Seine Frage, ob ich Angst hätte, lebendig begraben zu werden, verneinte ich. Man muss nur ruhig liegen bleiben, sagte ich. Dann passiert nichts.

An einem Abend im Frühjahr, erzählte Helene, war ich allein im Haus. Meine Eltern waren ausgegangen und hatten mich der Fürsorge meines Bruders überlassen. Der war hereingekommen und hatte gesagt, ich bin gleich wieder da. Ich lag da und dachte an den Sommer. Strandbilder und Postkartenmotive schwirrten mir im Kopf herum. Ich erinnerte mich daran, wie es ist, wenn die Haut braun und trocken und salzig ist, so dass der Sand von einem abfällt, wenn man aufsteht. Dabei war ich nicht traurig und ich zählte nicht einmal die Tage, bis der Panzer abgenommen werden sollte. Sie hatten mir auch keinen Termin genannt, weil sie mich nicht enttäuschen wollten, sollte es Komplikationen geben. Immerhin, alles schien normal zu laufen. Ich dachte an den hellen Sand und an ein salziges Wellenbad aus vergangenen Sommern, an einen Trampelpfad durch die Dünen vorbei an einer Kuhle, die mir unheimlich war. Ich überließ mich diesen Bildern, weil ich bemüht war, meine Erfahrungen zusammenzuhalten. Ich machte mir Sorgen, dass mein Leben in zwei Teile auseinander fallen würde, die nichts miteinander zu tun haben. Mit und ohne Stahlschiene. Wenn man mich dann fragen würde, was ich mag, was meine liebsten Erinnerungen sind, dann wüsste ich mich später nicht zu entscheiden. Selbst so kindische Fragen wie die nach der Lieblingsfarbe wären dann nicht mehr zu beantworten. Deshalb setzte ich mich diesen Erinnerungen aus und suchte nach Verbindungslinien zu meinem gegenwärtigen Zustand.

Draußen war es bereits dunkel, und vom Fluss her hörte ich Sirenen. Lauter werdend. Was auch immer sich da draußen abspielt, dachte ich, es ist nicht weit von hier. Drei verschiedene Arten von Sirenen konnte ich jetzt unterscheiden und ich ordnete sie ganz willkürlich der Polizei, dem Krankenwagen und der Feuerwehr zu. Damit handelte es sich um so etwas wie eine Katastrophe, dachte ich. Und machte mir Sorgen, dass etwas mit Alex sein könnte. Er war mit dem Fahrrad unterwegs. Er hatte eine Taschenlampe dabeigehabt. Er hatte nicht gesagt, wo er hinwollte.

Dann sah ich durch die zugezogenen Vorhänge hindurch ein Flackern. Ganz anders als Silvester, als meine Eltern die Vorhänge aufgezogen hatten und mich mitsamt Bett zum Fenster geschoben hatten. Meine Mutter saß mit mir im Zimmer, als Alex und der Stiefvater draußen die Raketen zündeten. Alex kam zum Fenster, das die Mutter einen Spalt aufgemacht hatte und sagte: Leni, die hier ist für dich. Leni, so nannte er mich. Ich schieße sie bis über den Rhein, rief er, dann sieht die ganze Stadt, dass du noch da bist. Ich wollte etwas antworten, aber er war schon wieder an der Straße. Meine Mutter sagte: Alex passt auf dich auf.

Dieses Flackern war anders. Ich sah aus den Augenwinkeln heraus nur, dass hinter dem Vorhang der Himmel immer wieder kurz aufleuchtete. Draußen war ein großes Gewirr aus Sirenen, Geschrei und dem Hupen von Autos entstanden. Die Menschen kamen aus den Nachbarhäusern und schlugen die Türen hinter sich zu. Sie riefen einander und rannten über die Straße. Komm, beeil dich, hörte ich sie rufen, und dann, dass das Feuer nicht weit sei.

Ich hörte ein Scheppern und wusste, dass Alex sein Fahrrad auf der Einfahrt hatte fallen lassen. Er kam ins Haus gestürzt, außer Atem, und rief, noch im Flur: Das musst du sehen, es brennt, das Rheincafé brennt und unten am Park ist alles hell erleuchtet. Komm das musst du sehen. Er stürmte ins Zimmer, schlug die Decke um mich, umfasste mich ganz mit seinen Armen und hob mich auf. Ich hielt mich an seinem Hals fest, aus Angst, in der Mitte auseinander zu brechen und schrie nein, lass mich, ich kann nicht mit. Aber er hörte mich nicht. Es hatte keinen Sinn, sich zu wehren. Meine Einwände drangen nicht zu ihm durch. Ich hätte höchstens ein bisschen strampeln können, und vielleicht tat ich es auch, aber mein Bruder war so aufgeregt, dass er meine Gegenwehr nicht einmal spürte. Er rannte mit mir zur Haustür hinaus. Wir liefen über die Straße und ich wunderte mich, dass er mich überhaupt tragen konnte. Aber ich war leicht geworden, und der Gips, den sie mir angelegt hatten, war dünner als noch im Herbst. Und Alex hatte in diesem Jahr einen Schuss gemacht. Er war stärker geworden und er hatte einen kleinen, flaumigen Schnurrbart, den er nicht rasieren wollte.

Mein Herz raste. Ich hatte Angst und mir war schwindlig, als wir aus unserer Sackgasse herausliefen. Wir waren die letzten, die Nachzügler. In allen Häusern brannten die Lichter. Ich hatte lange nicht mehr diese Luft eingeatmet. Die Nacht war kühl, aber nicht kalt. Der Himmel war bedeckt. Ich zog mich mit meinen Armen an seiner Schulter hoch und sah, wie jenseits des Parks eine riesige Flamme in den Himmel schoss. Gleichzeitig spürte ich ein Ziehen in meinem Rücken. Meine Arme waren schwach. Es ist nicht weit, rief er. Das Rheincafé. Es brennt, das musst du sehen. Er war so aufgeregt. Er sprach nicht mit mir, sondern er schrie in mich hinein, so als ob wir schon an dem Inferno stünden, wo das Rauschen und Röhren der Flammen alles andere übertönte. Als wir im Park waren, wurde er langsamer und er fragte mich, ob es gehe. Ich sagte in sein Ohr hinein, dass ich es nicht wüsste. Ich hätte Angst und was die Eltern sagen würden. Er sagte, ich solle mich nur fest halten, aber ich konnte mit meinen durch die lange Ruhe geschwächten Armen meinen Teil des Gewichts nicht mehr tragen. Meine Schultern, von denen die Decke heruntergerutscht war, taten weh. Ich ließ dann ganz los und schrie vor Schmerz. Alex sah mir in die Augen, zum ersten Mal, seit er in mein Zimmer gestürzt war. Er war plötzlich ganz traurig und ängstlich und voller Liebe, und schon bat er mich mit seinem Blick um Verzeihung für das, was er mir angetan hatte. Er ging jetzt langsamer und vorsichtiger. Die Flammen schienen zwischen den Baumstämmen des Parks hindurch. Das Gewirr der Stimmen wurde größer, bis es vom Lärm des Feuers geschluckt wurde. Ich schloss die Augen, als die Asche in mein Gesicht fiel. Ich war jetzt auf einmal glücklich, trotz der Schmerzen. Angst hatte sich in Dankbarkeit verwandelt. Ich war ihm nicht mehr böse. Ich lachte und rief ihm zu, hier ist es gut. Leg mich hin. Ich hatte es geschehen lassen, nicht weil ich mich nicht wehren konnte, sondern weil er mein Bruder war und weil ich ihn ja liebte. Er legte mich an eine abschüssige Stelle, setzte sich neben mich und hielt seine Hand unter meinen Kopf, damit ich sehen konnte. Das Dach des Gebäudes stürzte ein und die Menschenmenge unten an der Straße scheute vor den Funken zurück. Alex beugte sich zu mir herunter und küsste mich auf den Mund. Er sagte, es tut mir Leid, und er küsste mich noch einmal auf den Mund, und ich schloss wieder die Augen. Ich biss ihn auf die Unterlippe, bis es ihm wehtat. Er weinte und ich flüsterte, du musst immer auf mich aufpassen. Ich wollte, dass du es siehst, sagte er.

Später, als das Feuer gelöscht war und die Menge durch den Park zurückströmte, fanden uns die Nachbarn. Die allgemeine Panik wegen des Feuers hatte eine Art Nachbeben in der Gruppe, die sich um uns herum bildete. Mein Bruder saß auf dem Rasen und beantwortete bereitwillig alle Fragen. Ich fror und sagte kein Wort. Der Notarzt wurde gerufen.

Meine Eltern kamen erst spät ins Krankenhaus, wo sie zuerst Alex vorfanden, der auf einem Stuhl im Flur eingeschlafen war. Ich war bereits geröntgt und gewaschen worden. Die Schwestern, die im Begriff waren, mir einen neuen, sauberen Gipspanzer anzulegen, gaben Entwarnung, als die Eltern ins Behandlungszimmer stürzten. Sie beugten sich über mich, aber ich konnte ihre Gesichter nicht erkennen. Eine Deckenlampe blendete. Ich schlief ein. Am Morgen transportierten sie mich nach Hause. Nachbarn standen an der Einfahrt, als ich ausgeladen wurde.

# 5

Erst beim Einsteigen die Frage, wohin wir fahren. Nicht vorher. Jake hatte sich verabschiedet, hatte gesagt, komm mal vorbei, dann grillen wir etwas, wir treffen uns immer nur zum Laufen und Skye, bring sie mit, wir haben sie lange nicht gesehen, und ich hatte mich unverbindlich für die Einladung bedankt, hatte noch etwas Belangloses über Erin gesagt, dass die Phase schon vorübergehen werde, und war nach Hause gefahren. Skye war nicht da. Auf dem Sofa stand das Bild. Mich traf der irre, erhitzte Blick des Zwergs.

Ich wählte Antonins Nummer. Er nahm den Hörer nach einem einzigen Klingeln ab, und ich sagte, kaum dass er sein Ja bitte? losgeworden war, wir machen morgen eine kleine Tour, einen Ausflug, wenn du so willst. Und ich wunderte mich, dass er nichts Genaueres wissen wollte, vielleicht dachte er auch, dass wir spontan gemeinsam ein Ziel auswählen oder zum Haus fahren würden. Ein Ausflug wäre das allerdings nicht. Dass Skye wohl am Haus ist, auf jeden Fall ist sie nicht hier, sagte ich noch, und er meinte, er habe sie ein paar Mal dort angetroffen in den letzten Wochen, und sie habe da gestanden und geträumt, was so gar nicht zu ihr passt, und ich mache mir Sorgen um sie. Antonin hatte versucht, Details des Innenausbaus mit ihr zu besprechen, hatte sich bemüht, sie für die Materialien zu begeistern, für die echten Mahony-Fenster, die er an der Treppe hatte einbauen lassen, aber sie hatte sich auf kein Gespräch einlassen wollen, war einsilbig geblieben, hatte alles ihm überlassen.

Er hatte so getan, als müsste er sich in den Wagen hineinzwängen. Er hatte zuerst den Körper hineingedreht und dabei den Kopf zur Seite geneigt, um sich nicht zu stoßen, und erst dann hatte er die Beine nachgezogen, wobei er sich an der Dachkante des Autos fest hielt wie ein alter Mann. Jetzt nahm er auf dem Beifahrersitz eine geduckte Haltung ein, obwohl der Wagen zweifellos groß genug war. Das war nichts Neues. Bei jedem Gerät, das er anfasste, bei jedem Auto, in das er einstieg, bei jeder Hand, die er schüttelte, immer vermittelte er den Eindruck, als wäre alles ein paar Nummern zu klein für ihn. Dabei war er nicht größer als ich. Aber egal wie groß und schwer das Gerät oder wie massiv das Besteck war, das man ihm gab, alles wurde in seinen Händen zu zerbrechlichem, billigem Spielzeug. Die Fortune Cookies beim Chinesen zerkrümelten in seinen Händen, nagelneue Haustürschlüssel brachen ihm bei der Hausübergabe ab, Flaschen und Senfgläser fielen um, wenn er in der Küche die Kühlschranktür zuschlug. Wenn er jemandem die Hand gab, beugte er sich ein wenig herunter und blickte seinem Gegenüber in die Augen, als wollte er fragen: Tut es auch nicht weh?

Wohin fahren wir?, fragte er. Und ich sagte Einkaufszentrum, Mall, Centro Comercial, mein Freund. Der kollektive Einkaufsorgasmus, ich hoffe, du hattest dich nicht auf ein Naturerlebnis eingestellt. Und Antonin machte keine Anstalten wieder auszusteigen, wie ich befürchtet hatte, nein, er lachte und suchte umständlich nach seinem Gurt wie jemand, der mehr im Flugzeug sitzt als im Auto. Antonin konnte nicht fahren. Er ließ sich von den Arbeitern oder von seinen Studenten abholen, oder er nahm ein Taxi, wenn er Baustellen besichtigte, und Larry war es, der ihn zum Flughafen fuhr. Und weil er auf dem Campus wohnte, in einem zur mathematischen Fakultät gehörenden Penthouse, hatte er sonst keine Verwendung für ein Auto. Er erledigte seine Einkäufe per Telefon oder Internet, und manchmal nahm ich ihn mit nach Elphinstone. Der Geschäftsführer des Lebensmittelladens, bei dem Antonin bestellte, kam persönlich mit der Lieferung vorbei und nahm das unanständig hohe Trinkgeld unter dem Hinweis an, dass er es an die jugendlichen Packhilfen verteilen werde.

Antonin versuchte offensichtlich mitzuspielen. Er schien amüsiert über meinen Einfall, er sagte Konfrontationstherapie, das ist es, eine ausgezeichnete Idee, dabei sah er müde und abgekämpft aus. Auf seiner Brust baumelte die kleine, handliche Videokamera und verwickelte sich mit dem Gurt, den er jetzt mit der Hand von sich schob. Die Verwicklung erforderte meinen Eingriff. Während wir in Richtung Freeway fuhren, wusste er nicht wohin mit seinen Händen, befummelte alles. Er drückte auf Knöpfe. Das Fenster öffnete sich und die kochende Luft brach herein. Er verschob die Regler der Klimaanlage und wühlte im Handschuhfach, wo er Papiere fand und einen Eiskratzer, ausgelaufene Versicherungsbescheinigungen und Reparaturquittungen. Keine Pistole, dachte ich, was würde er denken, wenn dort eine Pistole läge. Er würde sich einen Spaß daraus machen, würde sagen, das ist keine schlechte Idee, wenn du eingequetscht liegst, wenn sie stundenlang erfolglos versuchen, dich herauszuschweißen, und du liegst in deiner eigenen Angstscheiße und verblutest, dann kannst du dir eine Kugel in den Kopf jagen. Und dann sagte er, fahr vorsichtig und schloss das Handschuhfach, stützte sich an der Klappe ab und starrte nach vorne.

Natürlich war er an diesem Nachmittag albern und aufgedreht. Das lag am Ziel des Ausflugs, an dieser lächerlichen Idee, und ich warf es mir vor, dachte, dass es nicht angemessen war, dass man einem Freund die Möglichkeit geben muss, sich auszusprechen. Wir hätten an diesem Sonntag ein vernünftiges Gespräch führen sollen, über Helene und über Skye, über den Zusammenbruch dieser Lebenskonstruktion. Die uns alles bedeutet hatte. Aber wir hatten den Mut zu diesem Gespräch nicht aufgebracht.

Ich fädelte uns in den ostwärts strömenden Freewayverkehr ein und warf, als sich das mit der Auffahrt verbundene Bremsen, Beschleunigen und Spurenwechseln der Verkehrsteilnehmer beruhigt hatte, einen Blick auf sein Profil. Ich glaubte, über das Bestimmende seiner Persönlichkeit hinaus, das kräftig-männliche Selbstbewusstsein, das er vor sich hertrug wie eine Monstranz, eine ihn völlig in Anspruch nehmende, feinere Anspannung zu erkennen. Was in diesem Gesicht über das gewohnte Bild hinaus an Zeichnung oder Bedeutung erkennbar war, war nicht etwa die lächerliche, größtenteils gespielte Angst vor dem Autofahren oder vor dem in Grund und Boden hinein vorverurteilten Einkaufszentrum. Antonin war müde und schlaff. Seine Augen waren gereizt, die Nase schien knochiger als früher. Die Haut war rau und trocken. Sein Profil hatte etwas Hypnotisiertes, wie ein Dürerbild. Als hätte er seinen Blick in die Ferne richten wollen und wäre, noch bevor er den Horizont ausmachen konnte, einem einzigen, überwältigenden Gedanken verfallen. Es steckte ein fürchterlicher Ernst in diesem Puertoricaner, trotz der albernen Vorstellung, die er geliefert hatte. Jetzt auf einmal war er beinahe hager. Derselbe, den ich mir gelegentlich als schnaubenden, gerade erst einem tosenden Meer entstiegenen Gott der Antike vorgestellt hatte, schien jetzt angegriffen und nervös. Zum ersten Mal traten unter der wüsten Oberfläche Anzeichen von Selbstzweifel und Verfall zu Tage. Von dem Kraftmenschen, dem Bezwinger, als den ich ihn kennen gelernt hatte, war nicht viel übrig geblieben.

Helene hat den Umzug eingeleitet, hat sich in den Konvoi der Radfahrer eingehängt, ohne dich noch einmal anzurufen, nicht wahr, dachte ich und wusste, dass es dazu nichts zu sagen gab. Dass ich mit Larry gesprochen hatte, erwähnte ich beiläufig, aber Antonin reagierte nicht darauf. Er konzentrierte sich auf den Verkehr. Er beobachtete aus dem Augenwinkel heraus jede meiner Bewegungen, sah jeden Wagen an, auf den wir zukamen, den wir überholten. Wenn ich in den fünften Gang schaltete, musste ich sein Knie zur Seite schieben. An einer Baustelle hatte sich der Verkehr gestaut. Ich fuhr auf dem rechten Seitenstreifen und dann, kurz vor unserer Ausfahrt, über ein Rasenstück. Antonin hielt sich am Griff über der Tür fest. Der Wagen schaukelte stark. Er hätte gern etwas gesagt, aber er wusste, dass er mir ausgeliefert war. Er schwieg und starrte geradeaus auf den Verkehr, auf die Bremslichter vor uns. Er sah im Spiegel der Ampel nach, die bei unserer Durchfahrt auf Rot gesprungen war.

Mir gefiel die Schlichtheit dieser Konstellation. Ich hatte ihn in meiner Gewalt. Dabei hatte mir niemand, besonders nicht Antonin, ausdrücklich diese Macht verliehen. Noch hatten wir uns in irgendeiner Weise abgesprochen über ihre Grenzen. Es gab keine Spielregeln und keinen Schiedsrichter. Er hatte sich freiwillig in mein Auto gesetzt und hatte mehr oder weniger gewusst, was ihn erwartete. Ich hatte nichts versprechen müssen, um ihn zum Einsteigen zu bewegen, und es war kein Zeichen vereinbart, mit dem er sich hätte unterwerfen können. Es gab keine Möglichkeit, diesem Spiel zu entkommen.

Wir fuhren über eine sechsspurige Ausfallstraße. Als dann die Ausläufer der riesigen Parkplatzanlage des Einkaufszentrums in Sicht waren, begann der Verkehr zu stocken. Die Autos fädelten sich ein, die übertriebene Rücksichtnahme der einzelnen Verkehrsteilnehmer summierte sich zu einem Stau. Ich überquerte zwei dicke gelbe Streifen und bog nach links ab, so dass der entgegenkommende Verkehr abbremsen musste. Sie hupten, um uns zu warnen, nicht, um uns einen Vorwurf zu machen. Sie gingen davon aus, dass ich einen Fehler gemacht hatte. Wir fuhren auf eine Tankstelle und setzten dabei hart auf. Wir durchquerten die Anlage, vorbei an der Waschstraße und an manövrierenden Autos. Wir fuhren auf der Rückseite aus der Tankstelle heraus und befanden uns auf einer fast leeren Seitenstraße, die in den Parkplatz mündete. Antonin schwitzte. Er hielt mit der linken Hand seine Kamera fest, damit sie ihm nicht auf den Brustkasten schlug. Mit der rechten klammerte er sich weiterhin an den Griff über der Tür.

Wir fuhren durch lange Reihen ordentlich geparkter Autos im hellgrün markierten Abschnitt D17, bis wir einen Platz fanden, in den ich mit Schwung im Leerlauf hineinrollte. Ich bremste scharf. Ich stellte den Motor ab, legte einen Gang ein, löste meinen Gurt und griff nach dem Türöffner, alles in einem einzigen Bewegungsablauf, dessen Effizienz Skye immer bewundert hatte. Antonin fummelte an seinem Gurt und legte schließlich die Kamera in den Schoß, bevor er ihn löste. Dann hielt er beim Aussteigen die Kamera in der Hand, die er zum Abstützen benötigt hätte. Schließlich stand er in einer gewissen Unordnung auf dem glühenden Asphalt, richtete seine Sonnenbrille und ließ die Tür ins Schloss fallen. Er sah in meine Richtung und sagte, du bist wirklich ein Idiot. Sagte es mit ehrlicher Verachtung. Und ich dachte, so ist es gut. Freund. Jetzt lass uns losgehen, und dann sah er hinter mir die riesigen Hallen und er überblickte die Tausenden von in der Sonne glänzenden Autodächern. Er schaute sich um und war zufrieden. Er strahlte beinahe.

Vor uns lag die unendliche, leblose Landschaft des Parkplatzes, auf der sich die Hitze des ganzen Sommers gestaut zu haben schien. Kein Baum und kein Schild versperrten die Sicht auf die gigantischen, lagerhallenartigen Gebäude, aus denen sich die Mall zusammensetzte. Riesige schwarze Geländewagen saßen still in der Hitze wie verendende Tiere. Kein Mensch war zu sehen zwischen den endlosen Reihen der blitzenden Autos, von denen kaum eines älter als zwei Jahre war. Der Noriega ist in bester, edelster Gesellschaft, sagte Antonin. So nannte er meinen Wagen, den ich wegen eines Hagelschadens billig erstanden hatte. Antonin filmte mich, wie ich mich zwischen geparkten Autos durchdrängte. Er machte einen mächtigen Schwenk. Beinahe rundum. Er rief mir zu, ich solle langsamer gehen. Ich verwies auf die gefährliche Hitze, der man sich nicht zu lange aussetzen dürfe. Das kannst du später filmen, wenn wir rauskommen, sagte ich. Komm jetzt, es ist nicht zum Aushalten hier. Aber Antonin konnte nicht genug kriegen von der toten, geduckten Landschaft.

Statt Erin grüßte uns eine andere makellose Siebzehnjährige in einem knielangen Wildlederwickelrock und einem mintgrünen Top, sehr urban, dachte ich, und sie drückte uns Faltblätter und Sparcoupons in die Hände. Sie absolvierte die Grußformel mit einem perfekten, beinahe übernatürlichen Lächeln, aus dem in erster Linie hervorging, dass es keinen, aber auch gar keinen Grund gab, über irgendetwas besorgt zu sein. Auf dem Namensschild, zu dem sich Antonin hinunterbückte, stand Lisa und May I help you, und obwohl Antonin schon die ihm zugemessene Zeit an Aufmerksamkeit überschritten hatte, obwohl er dem Mädchen bereits zu nahe getreten war, im wahrsten Sinne des Wortes, und obwohl bereits eine andere, größere Gruppe von Kaufwilligen vom Eingang hereinströmte, auf die sie hätte zugehen sollen, blieb Lisa höflich, sogar freundlich. Sie machte uns auf ein neues Geschäft auf der zweiten Etage aufmerksam, eine Aromabar, aber das ist vielleicht nichts für Sie. Ich fragte sie nach Erin, ob sie an einem anderen Eingang arbeite, aber Lisa meinte nein, heute nicht, sie arbeitet samstags und ich dachte, dass ich sie doch gestern am Telefon gehabt hatte, dass sie eine besonders frühe oder besonders späte Schicht haben musste. Dann ging sie auf eine herankommende Familie zu. Die Mutter mit einer Plastiksonnenblende auf der Stirn und in die Ferne gerichtetem Blick schob einen Kinderwagen und trieb zwei fette Söhne vor sich her, wie ein Triumphzug sah es aus, der Imperator, der Streitwagen, die Gefangenen, und der Vater, der an der Seite entlanglief, ihre Flanke schützend, fing Lisas Blick auf, sah sie von oben bis unten an und nahm die Coupons in Empfang. Sicherlich kein zufrieden stellendes Ergebnis für Lisa, die angewiesen war, ihre Infopakete möglichst der Mutter in die Hand zu drücken. Der Vater sah uns, wir waren auf die Seite gegangen, um den Zug vorbeizulassen, und blickte noch einmal auf Lisa, drehte sich noch einmal um, weder verschämt noch unverschämt, und fragte sich zweifellos, ob wir etwas mit ihr zu tun hatten.

Nein, überwältigt war Antonin nicht. Weder überwältigt noch belustigt. Aber erstaunt war er, er machte große Augen, staunend wie ein Kind lief er voraus, schaute hinauf, drehte sich, taumelte beinahe. Ich versuchte, ihn zurückzuhalten, sagte warte mal, lass uns das langsam angehen, aber er filmte schon, filmte die Menschen auf den Rolltreppen, filmte Schaufenster und Familien und Kinder und die Familien und die Kinder vor den Schaufenstern. Ich machte mir Sorgen, dass sich jemand beschweren würde. Dass wir schließlich tatsächlich verhaftet würden oder zumindest angegriffen von einem Mann, der sich schützend vor seine Familie stellte, der rufen könnte, was wollen Sie, warum filmen Sie meine Kinder. Perversling. Dann beruhigte Antonin sich, trat einen Schritt zurück von diesem ersten Eindruck, legte die Kamera auf die Brust. Und ich schlug vor, ein wenig herumzulaufen und die Auslagen anzusehen. Einen Kaffee zu besorgen, den wir mit uns herumtragen konnten als Zeichen, dass wir Flaneure sind, keine ernstzunehmenden Kunden, Konsumenten, Käufer. Damit wir nicht behelligt werden. Und wir liefen entlang an der Vielfalt dieser Welt, an den erschlagenden Sortimenten, den unüberschaubaren Angeboten, wir liefen vorbei an Banana Republic und Everything but Water, hier gab es Thermofilzpullover, kostenlose Handys und daneben die Brautmoden. Lederwaren. Programme zur Erweiterung des Wortschatzes. Schon auf der Packung wurde vorgerechnet, mit welchem Karrieresprung und Gehaltssprung man rechnen konnte, wenn man das Programm absolvierte. Duftstoffe, duftende Kerzen, Aromastoffe, Parfums, Schokolade, sogar Zigarren gab es hier, alles verpackt und präsentiert, überall Mehrwert, alles unschlagbar preiswert.

Hier gibt es alles zum halben Preis, sagte Antonin und winkte mich herüber. Ich wunderte mich über ihn. Eine Sonderaktion folgt der anderen, sagte ich. Du bist bemerkenswert naiv. Kauf nichts, was nicht heruntergesetzt ist, und kauf nichts, weil es heruntergesetzt ist. Wenn es nur die Hälfte kostet, dann war es vorher zu teuer. Und er sah mich an und sagte Spielverderber, worauf ich ihn weiterzog, vorbei an den Auslagen. Da eine groß präsentierte CD, Mozart für Säuglinge, Gläser, Tischdecken, Duftkerzen, immer wieder Duftkerzen, es war eine große Kakophonie der Düfte, allein schon die Vorstellung löste ein kurzes Würgen in mir aus, und schließlich kamen wir doch noch zu unserem Kaffee. Wir setzten uns mit den Pappbechern an den Rand eines Brunnens. Betrachteten die Menschenmengen, die sich vorbeischoben. Antonin filmte den Spielplatz auf der anderen Seite der Halle. Kinder kletterten unter professioneller Aufsicht auf riesige Plastikhamburger, hielten sich an Sesamkörnern fest. Sie krabbelten durch Zwiebelringe und kreischten vor Glück, aber es hallte nicht, der Raum nahm es auf und schluckte es, was übrig blieb war das Rauschen des Brunnens, ein unaufdringliches, gedämpftes Stimmengewirr. Dazu die sanfte Musik aus den Lautsprechern, die man nur wahrnahm, wenn man sich darauf konzentrierte. Kinder können nichts dafür, dass sie dumm und unerträglich sind, grundsätzlich, sagte Antonin in mein Schweigen hinein. Und Eltern können nichts dafür, dass ihre Kinder dumm und unerträglich sind. Aber Eltern können sehr wohl etwas dafür, dass sie Eltern dummer und unerträglicher Kinder sind, und ich sagte, jetzt werde bitte nicht zynisch. Denk an deine Mutter, erinnere dich an eine einzige Peinlichkeit oder Dummheit deiner Kindheit. Dass es dir noch einmal das Blut in den Kopf treibt. Als Nachbeben deiner ersten, tiefsten Beschämung. Die warme Scheiße in deiner Hose meinetwegen. Und Antonin blickte kurz in sich hinein, lächelte. Sagte, wenn du wüsstest, und ich meinte, lass nur, jetzt keine Geständnisse, ich will es nicht hören, wirklich. So war es nicht gemeint.

Wir liefen weiter und Antonin kaufte eine Jacke, was ich nicht verstand, warum kaufst du dir jetzt eine Jacke, bei diesem Wetter, fragte ich, aber er meinte, es sei ein guter Kauf und sie stehe ihm doch, oder, und ich sagte, lass uns weitergehen, dachte, er kann sie immer umtauschen. Warum soll ich ihm das jetzt ausreden. Er hat einen Kauf gemacht, er hat es ausprobieren wollen, wie man als Kunde behandelt wird, und er fühlt sich offensichtlich ganz wohl dabei. In einem anderen Geschäft sprühte er sich Raumspray auf den Unterarm und die Verkäuferin kam angelaufen und sagte, entschuldigen Sie, das ist für Ihre Wohnung, wenn Sie einen frischen Tannennadelduft in ihrem Wohnzimmer wünschen. Sie kam mit einem Kleenex und nahm Antonins Hand, der befremdet aussah, und versuchte, das Raumspray abzuwischen, aber es war natürlich nichts zu machen. Ich sagte, das wäre noch was, wenn du deinen Klienten gleich die Duftnote mitverkaufen würdest, du könntest es in den Plänen festschreiben, dass es im Wohnzimmer nach Tannennadeln riecht und im Schlafzimmer meinetwegen nach Schweiß. Integriertes Design, sagte ich, so nennt ihr das doch. Aber Antonin war nicht zu erheitern, bis wir schließlich auf vibrierenden Fernsehsesseln saßen, nebeneinander, und den Verkäufer, einen Menschen wie aus dem Porsche-Design-Katalog, fragten, wie man bei dem Rütteln noch fernsehen könne, ob man da schwindelfrei sein müsse. Der Verkäufer verstand uns nicht, er blieb ernst und erklärte, dass der Entspannungseffekt nicht einfach aus der Summe von

Fernsehen und Massage bestünde, sondern dass die Kombination einen Effekt herstelle, der tatsächlich die Summe der beiden Einzeleffekte bei weitem überschreite. Ein Feierabendpaket. Man solle sich einen relativ großen Bildschirm anschaffen, am besten ein Heimkino.

Wir liefen durch Gänge und über Brücken, fuhren Rolltreppen auf und ab, und Antonin zeigte in die eine oder in die andere Richtung, erklärte hier und da etwas die Statik Betreffendes, meinte, dass die Tageslichtführung tatsächlich gelungen sei. Wir sprachen über die Gesellschaft, die sich so etwas leistete, über die wenigen Menschen, die wir aus dem Pool der potenziellen Kunden kannten, ich erzählte von Jake, der alles hatte, und Antonin ließ weitere Erklärungen einfließen, ohne aufdringlich oder lehrerhaft zu wirken.

Sicherlich hatte er Helene mit derselben Souveränität, mit demselben entspannten Sendungsbewusstsein durch den Rohbau unseres Hauses geführt. Und dann immer wieder, in jeder Phase des Ausbaus. Er hatte ihr alles geduldig erklärt. War aus den Zusammenhängen herausgetreten wie ein Schauspieler, der plötzlich die Hände in die Taschen steckt, der sich dem Publikum zuwendet und seine Figur erklärt. Warum er dies oder das gesagt habe. Wie er die nächste Szene zu spielen gedenke. Antonin wies auf Dinge hin, die man übersehen konnte, wenn man die Augen zu weit aufriss. Wer staunt, denkt nicht, meinte er. Er hatte Helene auf alle statisch interessanten Details hingewiesen. Die versteckten tragenden Wände und die Hebelkonstruktionen zeigte er ihr, erklärte seine Aversion gegen Stützpfeiler, und er rechnete ihr vor, wie viel Eisen sie hineingelegt hätten. Für diesen Überhang hier. Was man auch mit unter Spannung stehendem Material hätte lösen können. Aber er sei kein Brückenbauer. Er wolle, dass das Material aufliegt. Dass es ruht, zumindest hier in der Prärie. Er ging mit ihr die Wege im Haus ab, die er für die wichtigsten hielt, und zählte dabei ihre Schritte, so, als wollte er eine gerade erst Erblindete auf ihr neues Leben vorbereiten.

Auf dem Weg in die Küche wird es eine eingebaute Sitzbank geben. Dort, siehst du. Eine dünne, grüne Stoffauflage wird sie haben. Sehr schlicht und gerade. Vielleicht setzt man sich nach der Arbeit kurz hierhin und schließt einen Moment lang die Augen oder man liest die Absender auf den am Morgen eingetroffenen Umschlägen, die die Haushälterin dort abgelegt hat. Er führte sie in den sechseckigen Küchenraum, der den Kern des Hauses bildete. Sie wird ein hydraulisch steuerbares Dach haben, sagte er und zeigte auf eine große, mit Brettern abgedeckte Dachluke. Und, siehst du, einen Kamin aus flachen, römischen Backsteinen wird es hier geben. Das obere Fach dient als Brotofen. Helene blickte an der mächtigen Kaminkonstruktion hinauf. Man kann hier sitzen und essen, erklärte er, und dort wird es eine Schiebewand geben, die die Küche zum unteren Wohnzimmer hin öffnet. Das da ist die andere Seite des Kamins. Siehst du, man geht durch das Wohnzimmer, bis hier hinaus, bis an den Rand des Balkons und hat immer den Kamin im Auge. Helene lehnte sich vorsichtig über die Brüstung. Schloss die Augen und atmete frische, kühle Märzluft ein. Antonin sagte, es ist kalt. Lass uns weitergehen. Ich zeige dir den Rest. Helene zögerte, überblickte den Hang vor dem Haus. Er legte seinen Arm um ihre Schulter und zog sie mit sich. Sie lehnte sich im Gehen an ihn. Er sagte: Hier geht es in Skyes Arbeitszimmer. Sie standen vor einem engen, niedrigen Gang. Es sei ganz auf sie zugeschnitten, sagte er. Er nahm sie an die Hand und ging vor, wobei er sich mit der linken Schulter zuerst durch den engen Tunnel vorschob. Er übertrieb seine Größe. Helene sah es und duckte sich, obwohl es nicht nötig gewesen wäre. Sie ließ sich ziehen wie ein müdes Kind.

Am Ende des Gangs gelangten sie in eine Art Wintergarten. Skyes Büro hatte große Fenster und Schiebetüren nach drei Seiten und eine flache, gläserne Dachkonstruktion, die sich öffnen ließ. Helene suchte nach Hinweisen auf Skye. Wer hier arbeiten wollte, musste sein wie sie. Ausgeglichen, angstfrei, verständnisvoll, von der Art Schönheit, die bis ins hohe Alter reicht. Musste es ertragen können, ständig, ein ganzes Leben lang, von der Natur beobachtet zu sein. Durfte nicht aus sich herausfallen. Dies war kein Ort für Zweifel oder Verzweiflung. Hier gab es keine Welt, die einen aufgefangen hätte. Hier war nur Landschaft. Der Blick hinunter in eine seichte, nebelverliebte Senke. Weicher, kalt-feuchter, modriger Humus und Wald. Es roch nach frisch bearbeitetem Holz. Die Stille war absolut. Helene blickte hinaus in das Hellgrau dieser Märzlandschaft und dachte, dass ein perfekter, heller Vollmond, wie es ihn nur hier gab, scharfe Schatten auf Skyes Korrespondenz werfen würde.

Helene ließ sich an diesem grauen Nachmittag alles erklären. Er zeigte ihr noch einmal die Pläne für das Haus. Sie stellte unzählige Fragen. Immer erhielt sie eine Antwort, die sie befriedigte, und immer ging es bei diesen Antworten um Skye und um mich. Nichts war willkürlich an diesem Haus. Alles war von Grund auf durchdacht. Die Bedürfnisse der Bewohner sind der einzige Maßstab, sagte er. Nur die Bilder wird sie nicht behalten können.

Ich hatte inzwischen jede Orientierung verloren, was mich ärgerte, aber Antonin steuerte uns in die Richtung, aus welcher wir zuerst gekommen waren. Vorbei an einem Laden, der sich Institut für irgendetwas nannte. Ich erinnerte mich, dass wir dort vorbeigekommen waren. Ein winziges Schild wies in die Richtung eines verschämt versteckten Seitengangs und ich befahl Antonin, das Raumspray abzuwaschen. Ich stand am Pissbecken und hörte ihn fluchen, weil der Wasserdruck am Waschbecken zu hoch war. Als ich herauskam sah ich, dass er Wasserflecken auf der Hose hatte. Rosa Flüssigseife ist kaum besser als Raumspray, stellte ich fest, und wurde von jenem Blick getroffen, der besagte: Nimm dich vor mir in Acht. Er hatte Mühe, unter den niedrigen Wasserhähnen seinen Unterarm abzuspülen, denn er vermied die Berührung mit der Waschschüssel, wie er auch den Warmwasserknopf nur mit dem Handrücken kurz berührt hatte. Ich schaute ihm zu und lachte. Er drückte mit Widerwillen auf die Taste für die Papierhandtücher, klemmte sich eines unter den Arm, wusch sich nochmals die Finger, mit denen er die Taste berührt hatten, und betätigte dann den Handtuchautomaten noch zwei-, dreimal, diesmal mit Hilfe des zuerst gezogenen Tuchs. Er warf es weg und riss die frischen, jetzt frei hängenden Tücher ab. Er trocknete sich ab und betrachtete von oben seine Hose. Schüttelte den Kopf. Dann stand er einfach herum, verärgert, und wartete, sagte und tat nichts. Er stand einfach da und sagte nichts. Sah mich nicht einmal an. Bis ich endlich die Tür öffnete. Er stoppte sie mit Fuß und Ellenbogen und schob sich hinter mir hinaus.

Es war bereits später Nachmittag, als wir von der riesigen Drehtür erfasst und auf den Parkplatz hinausgeschaufelt wurden. Wo sich die angestaute Hitze des Tages mit den Abgasen der nun startenden Autos vermischte. Es brannte in den Augen. Mehr Menschen waren hier draußen als bei unserer Ankunft. Riesige Tüten wurden mit Mühe in Gefährte gewuchtet, die wie Kriegsgerät aussahen. Kinderwagen wurden unter Einsatz eines Fußes und beider Hände eingeknickt und routiniert verstaut. Größere Kinder bestiegen die Suburbans und die Ford Excursions ihrer Eltern wie Trucker ihre Lastwagen. Sie setzten einen Fuß auf das Trittbrett und zogen sich mit beiden Armen hinauf. Übergewichtige Mütter befestigten Kindersitze und legten Gurte an. Ein Vater schloss die Heckklappe und die Türen, als alle saßen, und fragte: Seid ihr so weit?

Der Wagen glühte. Fuck, rief Antonin, und murmelte Unverständliches. Wir konnten nicht einsteigen. Ich kniete mich auf den Fahrersitz, nahm den Gang heraus, ohne die Kupplung zu treten, und startete Motor und Klimaanlage. Dann warteten wir draußen, schweißgebadet.

Schweigend traten wir die Rückfahrt an, reihten uns ein in den Strom der blitzend sauberen Geländewagen. Antonin saß erschöpft im Beifahrersitz und spielte mit seiner Kamera. Er filmte den Verkehr und das Innere des Wagens, er filmte mich, bis ich meine Hand vor die Linse hielt und genervt die Kamera zur Seite schob, ohne etwas zu sagen. Auf dem Freeway staute sich der Verkehr. Stumm und gespenstisch zitterte das Blaulicht über der Szene, die sich vor uns ausbreitete. Polizisten winkten die Sonntagsausflügler und Einkäufer mit überdeutlichen, fast schmerzhaft wirkenden Armbewegungen auf die linke Spur. Wir schlichen an einem Krankenwagen und an mehreren Polizeiautos vorbei und sahen im Dreck neben dem Seitenstreifen einen blutigen, grotesk verdrehten Körper. Ein Sanitäter stand daneben und entfaltete eine silbrige Plane. Teile eines Motorrads und Splitter, ein Helm und eine Frau, die fotografierte. Ein Notarztteam umstand einen zweiten, weiter hinten liegenden Körper. Einige knieten auf dem Boden, riefen Anweisungen. Jemand sprach in ein Funkgerät hinein.

Als sich der Stau gelöst hatte und mir bewusst wurde, dass Antonin die ganze Szene gefilmt hatte, dass er nicht einmal abgesetzt, nicht einen Moment lang gezögert hatte, traf mich eine Wut, so heftig, dass ich mich über mich selbst wunderte. Ich suchte nach Worten, krallte mich am Lenkrad fest, vergaß zu atmen. Ich sah in seine Richtung und stellte fest, dass er immer noch filmte. Dann suchte mein Kopf nach einem Ausweg, ich dachte, hoffte, dass er es mir erklären könnte. Er könnte sagen, dass der Aufnahmeknopf nicht gedrückt war, dass er aus Schock die Kamera nicht abgesetzt hatte. Aber was sollte ich sagen in meiner Erstarrung. Wie sollte ich mit ihm umgehen. Es gab kein Vorbild, keine Erfahrung, die ich hätte anwenden können, und nichts von dem Wissen, das ich über Antonin hatte, half mir weiter.

Er sagte nichts, er hatte es gefilmt, wie man eine Landschaft oder ein Haus filmt, als hätte sich da am Straßenrand etwas abgespielt, das einfach zu dem gehörte, was wir an diesem Tag gesehen und erlebt hatten, etwas, das man dokumentieren konnte, an das man sich später erinnern konnte. Weißt du noch, dieser zerfetzte Rest von einem Menschen, ein Motorradfahrer, selbst schuld, und ich habe es gefilmt, möchtest du es sehen?, und bevor ich noch weiter nachdenken konnte, schlug ich mit der Hand nach der Kamera, schlug sie ihm aus dem Gesicht. Im äußersten Winkel meines Blickfeldes erkannte ich Antonins Überraschung und den trotzigen Ärger, der sich in seinem Ausdruck sammelte, und ich begann zu schreien und auf das Lenkrad zu schlagen, es brach aus mir heraus, ich befahl ihm, die Aufnahme sofort zu löschen, und dass ich ihn rausschmeißen sollte, rief ich, du Arschloch, was bist du für ein gefühlloses Arschloch, schrie ich, aber er schwieg und starrte vor sich hin wie ein trotziger, ertappter Junge, der keinerlei Anstalten macht, seinen Fehler einzugestehen, und die Stelle neben seinem linken Auge, wo ihn das Display getroffen hatte, rötete sich. Die Kamera lag auf seinem Schoß.

Ich fuhr hektisch und unkonzentriert. Schweigend. An einem Autobahnkreuz fuhren wir in südliche Richtung. An der Ausfahrt das rotbraune Schild für die Kauffman Universität, das die Anlage als Sehenswürdigkeit auszeichnete. Denkmalgeschütztes Ensemble moderner Architektur. Besucher willkommen.

Wir rollten langsam an die Sperre und ich zeigte auf die Passierkarte, die an meinem Innenspiegel baumelte. Die Schranke ging auf, der Wärter grüßte, als er Antonin sah, und wir fuhren auf den Campus, ohne seine freundliche Geste zu erwidern. Ich öffnete das Fenster und ließ die kühle, milde Luft hereinströmen. Wir fuhren langsam und schweigend über den schmalen, unmarkierten Weg, vorbei an Wohnheimen und am Gebäude der Studentenvertretung. Ich bog in eine kleine

Zufahrt ein, die zum Akademieklub führte und hielt an einer Brücke. Dort, auf der anderen Seite, war die mathematische Fakultät. Antonin stieg langsam und umständlich, aber weniger behäbig als vorher, aus dem Auto. Dann beugte er sich in den Wagen und sagte danke, und dass er es löschen werde. Natürlich. Ich öffnete ihm die hintere Tür, damit er seine Tüten herausnehmen konnte. Ob ich mit Helene sprechen werde, fragte er dann, hatte die Tür schon in der Hand, war schon bereit, sie zuzuschlagen und meinte dann, dass sie sich in dem Haus wohl gefühlt habe. Ich habe es gespürt. Wie sie mit der Hand über die Holzleisten gefahren ist, wie wir die Wege abgeschritten sind. Immer sprach sie über Skye und über dich, fragte mich aus über eure Gewohnheiten, suchte nach den Zusammenhängen. Warum das Haus so gebaut sei und nicht anders. Welche Entscheidungen zu treffen gewesen seien. Ich nahm sie mit und ließ sie durch das Haus laufen, sah sie dabei an, zählte ihre Schritte, betrachtete sie immer wieder, zu jeder Tageszeit, bei jedem Licht.

Er sah müde aus. Seine Hand zitterte leicht. Sag mir Bescheid, wenn du die Jacke umtauschen willst, sagte ich, ohne ihn anzusehen. Dann fahren wir noch einmal da raus. Ich rufe dich an, sagte er und schlug die Tür zu. Ich sah ihm nach, wie er über die Brücke ging. Wie er den Pförtner grüßte, und ich sah, wie die Figur des Architekten hinter den schwingenden, nach seinen eigenen Plänen ausgeführten Glastüren der Fakultät zersplitterte.

# 6

Der Chiado wacht auf. In den Türen der renovierten Altstadthäuser, in den weiß getünchten Hauseingängen stehen überwiegend junge, überwiegend schöne Menschen. Männer. Sie bewegen sich langsam, strecken ihre Glieder, raubtierhaft. Der lange Mittagsschlaf. Sie halten modische Sonnenbrillen in den Händen, spielen damit, während sie in kurzen Sätzen miteinander reden. Hin und wieder aufsehend, in die Sonne blinzelnd. Sie sind schlicht und bequem und doch modisch angezogen, und sie machen Pläne für den Abend, ohne sich festzulegen auf etwas.

Die Zeitungsverkäuferin vor dem Café A Brasileira sieht, dass ich komme, und zieht eine Herald Tribune aus dem Stapel. Legt ein Fünferpäckchen Zigarillos dazu. Auf dem wirren Titelblatt der Illustrierten, auf die ich meinen Geldschein lege, erkenne ich niemanden. Die alte Frau steckt das Geld in ihre Schürze, sucht in meinen Augen und lächelt. Als wollte sie sagen, wir haben uns schon einmal gesehen. Oder. Dein Großvater, ich kannte ihn, er war ein schöner Mann, damals. Ein strammer deutscher Faschist. Schneidig. Ich verabscheute und bewunderte ihn. Einen Segen sollte ich mir von ihr erbitten, denke ich. Ein kleines Kreuz, mit dem knochigen Daumen auf die Stirn gezeichnet. Ich weiß, sie fände meine Bitte ganz natürlich.

Das Rivera ist voller als sonst. Denke ich, aber der Eindruck mag entstanden sein, weil ich alles sehe. Weil mir heute nichts und niemand entgeht. Ein Strauß mit üppigen, weißen Blüten steht auf der Bar. Als Einladung, von der Straße aus zu sehen. Ich bestelle im Stehen einen Kaffee und ein Sandwich. Der Alte bedeutet mir mit einem kurzen, scharfen Blick, dass er mich verstanden hat. Ein Kellner drückt sich hinter meinem Rücken durch.

Die Aktienkurse interessieren mich nicht. Die Vorwahlen in den USA laufen wie erwartet. Wie von mir erwartet. Ich werde meine Wette gewinnen. Eine Kiste Wein von Niklas im Alentejo einstreichen. Aus eigenem, biologisch kontrollierten Anbau. Niklas, ein Brite, ein Biowinzer, das passt alles nicht zusammen denke ich, aber es stimmt. Er kann mir den Wein in die Wohnung stellen, wenn er das nächste Mal hier ist. Die Heilige Anna wird ihm aufschließen. Sie wird ihn zwingen, die Kiste auf dem Flur abzustellen, um sie zu begrüßen. Willkommen in Lissabon, Senior Niklas. Er wird in den Flur treten, wo sie sitzt, und die Kiste abstellen und sich hinunterneigen, und sie wird seine geschundenen Städterhände, Britenhände umfassen. Kühl wird es sich anfühlen. Das wenige Blut, das noch in ihr kreist. Wenn sie da sitzt, Hausmeisterin, Hausfrau, Hausgeist, Hauswart. Immer an derselben Stelle im dunklen Flur dasitzt und wartet. Bis jemand kommt. Ob sie zwischendurch einnickt?

Ich rufe dem Alten nach, er soll mir Fischbällchen dazubringen. Denke, dass ich ein Bier hätte bestellen sollen. Filipe wird auch eins trinken, denke ich.

Protestwellen in Österreich. Im Burgtheater bricht ein Tumult aus. Der Regisseur, steht da, spricht ein Machtwort. Was das bedeuten kann, ein Machtwort auf einer Bühne in dieser Zeit. In der jeder sein eigenes Leben lebt. Und was ist schon eine Bühne. Filipe kommt heute etwas später. Wahrscheinlich steht er in seiner Haustür in der Rua António Maria Cardoso und telefoniert. Er macht Termine, die nicht einzuhalten sind. Sagt, er sei schon auf dem Weg und geht dann nicht los. Kommt erst einmal hierhin. Er wird mir von seinen undurchführbaren Plänen erzählen. Jeden Tag etwas Neues. Dass das Cybercafé in der Cardoso Geldgeber sucht. Ob ich Interesse hätte. Du kennst sie doch, die Leute. Ich sage. Sprich nicht mit mir über Geld. Du hast mir die Wohnung verkauft. Das war für uns beide ein zufrieden stellendes Geschäft. Damit ist es jetzt genug. Noch die eine Überweisung. Dann ist es mit unseren Geschäften vorbei. Gut, sagt er. Und bestellt ein Bier. Er erzählt, dass er jemanden kennen gelernt hat. Dass sie mit ihm essen gegangen ist. Wie klug und wie schön sie ist. Und sie ist aus gutem Hause. Interessiert dich das?, frage ich, und er antwortet offen, ohne zu zögern: ja. Sie arbeitet in der Steuerbehörde, erzählt er. Und zerlegt ihre Dorade, wie er es noch nie gesehen hat. Mit der höchsten Effizienz. Vier kurze, elegante Einschnitte, das ist alles. Das Besteck bleibt beinahe sauber. Die Filets liegen aufgeräumt auf ihrem Teller. Das musst du sehen. Wie sie die Zitrone darüber träufelt, ohne dass ein Kern fällt. Und wie sie dann ganz bedächtig und langsam isst, obwohl sie mit dem Fisch keine Arbeit mehr hat. Die Ruhe, eine ansteckende Ruhe strahlt sie aus.

Ich möchte, dass du sie kennen lernst, sagt er. Ich frage, wie oft er sie schon gesehen hat und meine dann, dass das nicht reicht. Du musst geduldig sein. Lass dir Zeit, bevor du sie mit deinen Freunden bekannt machst. Iss noch eine Dorade mit ihr. Sie wird sich Gedanken machen. Vielleicht wird sie denken, dass du deinem eigenen Gefühl nicht traust. Dass du eine unabhängige Meinung einholen willst. Nimm sie mit auf die Fähre oder zum Markt oder fahr mit ihr am Samstag aufs Land. Sie mag Wolken, sagt Filipe. Mit fünfundzwanzig ist dem etwas abzugewinnen, denke ich. Sie starrt in den Himmel, erzählt er weiter, und interpretiert die Formen. Jede Wolke bedeutet etwas oder deutet auf etwas hin oder stellt etwas dar. Dass sie da wohl am falschen Ort wohnt, sage ich. Und denke, wie jung sie sind. Filipe lacht. Er lacht über meine Freude an diesem Klima. Er versteht nicht, wie man sich über einen solchen Himmel freuen kann, über dieses strahlende, klare, makellos blaue Firmament. Über diese Selbstverständlichkeit.

Er streicht sich mit der Hand das dicke, strähnige Haar aus der Stirn und schaut in sein Bier. Die Caféhausbesucher kommen und gehen. Einige trinken ihren winzigen, schwarzen Kaffee in ein, zwei Zügen und verschwinden wieder. Andere richten sich an einem der lackierten, dunkel glänzenden Tische ein und überbrücken die Zeit bis zum Abendessen. Die Jungen und die Rentner. Aber nicht die Vierzig-, Fünfzigjährigen, die Berufstätigen. Alle Männer, ob sie arbeiten oder nicht, müssen nach der Mittagspause aus dem Haus. Wenn das Ausfegen und Kochen beginnt, wird es ungemütlich. Dann kommen die Jungen und die Alten hierhin, sind irritiert, wenn ihre Tische von Touristen besetzt sind. Die Vierzig-, Fünfzigjährigen fehlen natürlich, haben höchstens Zeit für einen Kaffee im Stehen. Sie öffnen jetzt, am milden, offenen, frei auslaufenden Ende dieses geschäftigen Tages noch einmal ihre Läden, oder sie fahren noch einmal in die Büros und auf die Ämter. Sie stehen in den Bussen, hängen sich mit ihren Armen in die Schlaufen und reden über Politik oder über die Altstadtmieten. Meine Frau hat mir eine Omelette gemacht. Ich habe ihr gesagt, dass mein Magen nichts anderes mehr verträgt. Abends ja. Aber mittags brauche ich eine einfache Omelette. Das versteht der Mann, der daneben steht und sich in den Kurven gekonnt fest hält. Wie heißt er noch? Er wohnt unten am Kai und fährt seit Jahren mit diesem Bus. Er steht, auch wenn es Sitzplätze gibt, was selten ist. Das ist ein verträgliches Mittagessen, sagt er. Aber gesund ist es auf lange Sicht nicht. Ja, auf lange Sicht ist gar nichts gesund. Früher oder später hast du genug, mit Omelette oder ohne. Der Mann vom Kai nickt, aber das könnte auch vom Schaukeln des Busses herrühren, der sich jetzt den Burgberg hinaufwindet. Sie rasen dröhnend durch eine Gasse. Ein Touristenpärchen in einer Kurve springt zur Seite auf einen Bürgersteig, der kaum eine Schuhlänge breit ist, presst sich an eine Hauswand, was schwierig ist, wenn man Rucksäcke auf dem Rücken hat, und steht dann händehaltend und verdutzt in der Rußwolke. Sie schauen dem Bus hinterher. Der junge Deutsche atmet den Dieselgeruch ein, was ihn an Kindheitsszenen auf einem Boot erinnert, und spürt seine Magensäure. Er hätte etwas essen sollen. Etwas, das den Magen beruhigt. Eine Eierspeise vielleicht, aber das fällt ihm nicht ein.

Ich gebe Filipe meine Handynummer. Sage, dass ich in zwei Tagen abreise und spätestens im Dezember zurück bin. Dann ziehe ich richtig ein. Statt einer Postkarte schicke ich euch die letzte Überweisung. Aber morgen sehe ich dich noch einmal. Er nickt. Dann sage ich: Ruf nicht an, wenn du stattdessen mit der Zerlegerin unterwegs bist. Wenn du nicht kommst, dann weiß ich ja, was ist.

Filipe wünscht mir Glück und bittet mich, Fotos vom Haus zu machen, bevor ich den Schlüssel übergebe. Er versteht es nicht, dass ich verkauft habe, nach allem, was ich ihm über den Bau erzählt habe, aber das sagt er nicht. Noch bin ich sein Kunde. Er hat mit mir ein Geschäft gemacht. An meinem Entschluss, nach Lissabon zu ziehen, hat er verdient. Das Geld, das er in der Tasche hat und mit dem er gleich sein Taxi bezahlen wird, ist das Geld für Antonins Haus. Was das überhaupt für ein Leben sei, das ich da drüben geführt habe?, fragt er noch, als er schon beinahe an der Tür ist. Ich verstehe nicht, welche Art Antwort er von mir erwartet und rufe ihm nach, dass es ja nicht heute sein muss.

Zuerst werde ich ihm von Skye erzählen. Er wird fragen, was sie dachte und was sie fühlte und wer sie im Innersten gewesen sei, aber ich werde ihm beschreiben, wie sie sich auf einen Stuhl setzte oder ein Glas Eistee einschenkte. Da ist es wieder, das Wort Anmut. Wie sie mit meinen Kollegen und deren Kindern und Ehepartnern umzugehen wusste, immer freundlich-professionell und ohne jede Schmeichelei, und welches Auto sie fuhr. Welche Farbe es hatte und wie es die scharfe, unerbittliche Mittagssonne reflektierte, wenn sie die Einfahrt heraufkam. Und wenn er wissen will, ob sie an etwas glaubte, an die Liebe vielleicht oder an ein höheres Wesen, dann beschreibe ich ihm das Schimmern in ihren Haaren. Die Kleidung, die von ihr bevorzugten schlichten Qualitätsstoffe werde ich erwähnen. Filipe, weil er jung ist und verliebt, wird schließlich fragen, ob ich sie geliebt habe und ich werde ihm von Augenblicken und Möglichkeiten erzählen. Von einer verschneiten, lautlosen Parklandschaft in Oregon und von einem

Tag in New York oder Wien. Wie sie mit großen Augen Vanillesoße auf einen Strudel goss, während sie mich über Syphilis oder Sissi ausfragte. Die Ernsthaftigkeit dieses Vorgangs im vornehmen Gewirr des Café Schwarzenberg an einem langen, verhangenen Samstagnachmittag. Wir waren am Kasino vorbeigekommen und hatten gesehen, dass am Abend Anatol gegeben wurde und ich hatte ihr von dem Stück erzählt. Ich hatte mir Mühe gegeben, sie nicht neugierig zu machen. Hatte sie nicht mitnehmen wollen. Um dann im Theater an nichts zu denken als an sie. An ihre Reaktion, an die mögliche Langeweile, die auf mich zurückfallen würde. Wohin hast du mich geschleppt? Ich wollte die Verantwortung nicht übernehmen. Aber sie bestand darauf, das Stück mit mir zu sehen, und wir kauften gleich die Karten. Sie sagte, ich werde es schon verstehen. Komm, wir gehen in ein Café, und du erklärst mir, was darin passiert. Ich sagte, dass das wohl nicht gehe. Da gebe es eigentlich nichts zu erklären, sagte ich, und sie wusste, dass das eine Ausflucht war. Sie solle sich in jedem Fall keine Sorgen machen, wenn sie nicht jedes Wort verstünde. Skye im Anatol, dachte ich, da musste ein ganz grundsätzliches Unverständnis aufkommen, das mit der Sprache nichts zu tun hatte. Eine Frage der Lebensform, dachte ich. Ihres war ein neues, höheres Bewusstsein. Frei von überkommenen Bildern. Die Entrümplung der Seele, die letzte Vergebung aller Sünden, hatte bereits stattgefunden, als sie eines Tages in die Welt gefallen war. Sie war so selbstsicher, so ehrlich mit sich selbst. Wusste, wer sie war, woraus sie bestand, wie sie mit sich umzugehen hatte. Seele, Liebe, Ehre, ich, das waren Wörter, mit denen sie umzugehen verstand. Die etwas für sie bedeuteten wie das Wort Naturwiese etwas bedeutet.

Wenn es sich so ergibt, werde ich Filipe von dem Abend vor gut zwei Jahren erzählen, als sie den Hörer abnahm und Antonin grüßte und sagte ja, um sieben, aber du kannst jederzeit kommen. Hilf uns beim Kochen oder trink ein Glas Portwein. Auf der Arbeitsfläche in der Küche standen die Zutaten für Maisbrot. In einer Metallschüssel lagen blanchierte, scharfgrüne Zucchinistreifen in Eiswasser. In kleinen, weißen Porzellanschüsseln lagen Schalotten, geschält und geviertelt, und einige Knoblauchzehen. Hauchdünne Kalbfleischscheiben in einer fast klaren Beize in einer flachen Glasschale. Alles in dieser Küche war aufgereiht, vollständig, sauber. Antonin hatte alles vermessen und hatte versprochen, die Dimensionen so weit wie möglich zu erhalten und dieselben hochwertigen Materialien einzusetzen. Er hatte nach kurzem Zögern zugegeben, dass er nicht im Stande sein würde, eine bessere, übersichtlichere Küche für uns zu bauen. Nur hier und da, bei einigen kleinsten Details, wollte er es anders, besser machen. Und er wollte im neuen Haus das Problem des Luftabzugs lösen. Und ich baue euch einen riesigen Steinofen mitten ins Haus. Zwischen der Küche und dem unteren Wohnraum. Der Inbegriff der Unverrückbarkeit wird es sein. Brotofen und Kamin in einem.

Bitte, sagte sie. Sie lächelte nachgiebig, wenn Antonin in seinem Eifer darauf bestand, das Haus auch optisch im Boden zu verankern. Wir kannten das. Als hätte er Angst, dass es wegfliegen könnte. Innen wollte er den Effekt mit dieser massiven Feuerstelle erreichen und außen mit einem flachen, nach oben hin verjüngten Sockel. Mittelgrau abgesetzt von den dunkel lackierten, schmalen Holzleisten der Verkleidung. Das Haus wird sich an der Horizontalen orientieren, es wird am Hang liegen, geduckt unter dem weiten Vorsprung einer flachen Satteldachkonstruktion. Ein Ort der Sicherheit und des Vertrauens. Festungsartig. Die Fenster legen wir wie ein Band um das ganze Haus, direkt unter das Dach. Zum Schutz gegen die harte Mittagssonne im Sommer und gegen die prasselnden, schräg einfallenden Regengüsse im Herbst.

Wenn du willst, sagte Skye. Wir klammern uns an die Prärie. Und lächelte in seine Richtung wie man ein Kind anlächelt, das etwas Dummes, aber doch Gutgemeintes gesagt hat. Wie eine Mutter ihren Zwölfjährigen anlächelt, der sagt, ich werde nie heiraten. Ich will immer gut sein. Ich werde immer bei dir bleiben. Und die Mutter denkt. Ich kenne dich besser, als du dich selbst kennst. Aber das wirst du erst später verstehen. Das erklärt dir niemand.

Den Gasherd nehmen wir mit, sagte Skye. Antonin war einverstanden, sagte, das lasse sich machen. Er war eigentlich ein Bautyrann, der seine Auftraggeber wie Sklaven behandelte, wie Höhlenbewohner, der ihnen ins Gesicht sagte, dass sie keine Ahnung vom Bauen und folglich keine Ahnung vom Leben hätten. Oder umgekehrt. Die Entscheidungen, auch was die kleinsten Details der Einrichtung anbelange, treffe deshalb er. Sonst könnten sie sich einen anderen Architekten suchen. Aber Skye verstand es, mit ihm umzugehen. Kannte seine Grenzen und wusste ihre eigenen Standpunkte zu vertreten. Selten zwar, aber mit Bestimmtheit. Sie sah ihn an und legte ihm ihre Gründe dar und ja, das verstand er, und dann folgte er ihren Anweisungen. Er wusste, dass sie nur dann ihre Wünsche äußerte, wenn ihr alles daran lag und wenn sie sich ihrer Sache sicher war. Immerhin, sie hatte nicht einmal dafür plädiert, Hängflächen für ihre liebsten oder wertvollsten Bilder zu schaffen. Sie hatte von vornherein gewusst, dass es aussichtslos war und sie hatte gewusst, dass Antonin Recht behalten würde. Aber es war ein Opfer gewesen. Ihrerseits. Dieses Opfer ließ sie sich jetzt bezahlen, und zwar in kleinen Münzen. Was sie durchsetzte, waren unauffällige, aber entscheidende Änderungen an der Einrichtung, an Materialien, an der Breite der Durchgänge und der Führung eines Geländers. Skyes Stärke und Antonins Starrheit ergänzten sich vollkommen. Im Ringen um den Bau verband sich seine etwas grobschlächtige Kühnheit mit ihrer selbstvergessenen Eleganz, sein Wissen mit ihrem Wollen, seine Erfahrung mit ihrer verhaltenen Neugier, verband sich und verschmolz zu einer einzigen Eigenschaft, die über die zu erwartenden Spannungen weit hinauswies.

Sie standen in einem diametralen Verhältnis zueinander, aber sie befanden sich auf derselben Umlaufbahn. Sie umkreisten denselben, unsichtbaren Stern.

Antonin setzte sich auf einen Hocker, fuhr mit der flachen, rauen Hand über die klinisch saubere Arbeitsfläche, rückte an den Porzellanschüsselchen und erzählte, dass ihn der Präsident in einen Ausschuss zur Planung des fünfundsiebzigjährigen Universitätsjubiläums berufen hatte. Ich habe mich mit Händen und Füßen gewehrt, sagte Antonin, aber der Präsident hat darauf bestanden. Dann hat er gesagt, es seien acht Millionen für Renovierungen bereitgestellt, zusätzlich zu den Kosten für die statischen Arbeiten an der Bibliothek, und ich musste zusagen. Und dann: Antonin, sagen Sie mal, wie finden Sie eigentlich den Museumskomplex? Ich habe mit ein paar Sätzen aus meinem Standardvortrag geantwortet. Die Einmaligkeit des Ensembles, jaja, fiel Skye ein. Gerade, weil man von keinem Gebäude aus ein anderes sehen könne, rief sie und gestikulierte und fuchtelte mit dem Küchenmesser vor meinem Gesicht herum, weil eben die Beziehungen unsichtbar seien, handele es sich doch um eines der komplexesten und schönsten Ensembles der Moderne in diesem Land. Ja, sagte Antonin, mach dich nur lustig. Dass nur eine Universität, fuhr sie lachend fort, ohne auf ihn zu hören, den Ansprüchen der Landschaft und den Forderungen der Gründungsarchitekten wirklich entspreche. Der Lehr- und Forschungsbetrieb als einzig mögliche Bestimmung. Das tief in den Hang hineinschneidende Museumsgebäude bildet den ideellen Gegenpol zu unserer wirklich einmaligen, weltberühmten Bibliothek, rief sie. Die überragt kühn den Wasserfall und das Licht fällt von überall ein, sogar von unten, bitte, stellen Sie sich das vor ... das Museum dagegen ... wie ein in den Grund gerammter Ozeandampfer, die im Schlick versinkende Titanic.

Dann fragte der Präsident, unterbrach Antonin. Sagte, hör mir mal zu, das geht dich was an. Dann fragte der Präsident, wiederholte er, ob ich mir vorstellen könne, dass man es erweitere. Das Museum. Jawohl, erweitere. Und was denn eigentlich jetzt mit der Josetta-Sammlung geschehen werde. Ob ich da etwas wüsste. Skye machte auf einmal ein unglückliches Gesicht, weil ihre ausgelassene Antonin-Nummer keinen Beifall gefunden hatte oder weil das Thema ihrer Sammlung ein ernstes war, weil sie die Avancen der Universität für unangemessen, taktlos, plump hielt. Was sie traurig machte. Fragend blickte sie den Freund von unten herauf an. Skye, ich habe nein gesagt, sagte er, ich weiß von nichts, meine Loyalität hat keine Grenzen, sagte er, und jetzt war er es, der nachgiebig lächelte, und dann habe er dem Präsidenten erklärt, dass man für vielleicht siebzig Millionen Dollar sicherlich ein oder zwei Geschosse unter das Museum setzen könnte, ohne das Gleichgewicht des Baus auch nur im Geringsten zu stören. Unter dieser Summe ist sicherlich nichts zu machen, sagte ich und der Präsident wurde auf einmal ganz bleich, seine

Hautfarbe beinahe grau. An den sumpfigen Boden an dieser Stelle sei zu denken. Ein Flügel, ein überirdischer Bau sei mit der Kauffman-Satzung nicht zu vereinbaren. Das wisse er ja sicherlich. Der Stiftungsrat müsste einen solchen Antrag ablehnen. Und wissen Sie, Dan, so ist es auch gut. Ehrlich gesagt.

Hat er noch weitergebohrt wegen der Sammlung?, fragte ich. Nein, aber sein Blick besagte: Gut, wenn Sie nicht wollen. Spielverderber. Und er fügte hinzu: Ich kann Sie nicht zwingen, mit mir darüber zu reden. Schließlich ist Ihre Verbindung zu Frau Josetta eine private, wenn ich das richtig verstehe. Aber beliebt machen Sie sich nicht, sagte ich jetzt und nahm Antonin das Wort ab, wenn Sie unkooperativ sind in einer Sache, die für die Institution allerhöchste Priorität hat. Ich bitte übrigens darum, dieses Gespräch vertraulich zu behandeln. Ja, so ungefähr lief es, sagte Antonin, du kennst ihn ja ganz gut. Ebonics, sagte ich, und er nickte.

Ich hatte Nice Man Dan, so wurde er genannt, bei der Ebonics-Diskussion kennen gelernt. Er hatte dabeigesessen, als die Expertenrunde im Auditorium tagte und diskutierte, ob der Dialekt der schwarzen Amerikaner als Minderheitensprache anzuerkennen sei. Und wie eine solche Entscheidung in das Curriculum einzubringen sei. Hin und wieder hatte er sogar Fragen gestellt. Wie auch die Leute aus dem Publikum. Und Framer, fünfundsiebzig Jahre alt und immer noch rötlichblond gewellt, hatte meist geantwortet, sehr höflich und freundlich und ohne Herablassung, hatte alles aus der Sicht des Sprachwissenschaftlers erklärt, bis er einfach aufgehört hatte mit dem Sprechen und da gesessen und vor sich gestarrt hatte. Alle schwiegen und warteten darauf, dass er weitersprach, dachten, da kommt noch etwas, aber dann war Framer von seinem Stuhl gefallen. Schwer und dumpf nach links herunter auf den hölzernen Bühnenboden gefallen. Dan war aufgesprungen und hatte Tun Sie etwas, Tun Sie etwas gerufen, bis jemand ein Handy aus der Tasche zog und ein Mediziner auf das Podium stürzte, und die Lage sich stabilisierte. Seit dem Schlaganfall geht Framer am Stock, hast du gesehen, sagte ich. Ein amerikanischer Gentleman. Trägt helle Anzüge, aber nicht vor dem ersten Mai. Grüßt nach rechts und links, wenn er nicht gerade in Gedanken bei dieser Ebonics-Sache ist.

Wir sollten ihn einmal einladen, sagte Skye zu mir, und Antonin nickte und meinte, dass es solche Emeriti kaum noch gebe. Leute, die in ihrem Institut zu Hause seien und überhaupt nicht daran dächten, nach Florida oder nach South Carolina zu ziehen. Aber wenn er mit seinem Stock erst einmal durch den Tiefschnee muss und über die vereiste Katzenbuckelbrücke, sagte ich, dann wird er es sich doch noch einmal überlegen. Xerox Park, das Forschungsinstitut in Stanford, hat verlauten lassen, dass sie ihn gern bei sich hätten. Kalifornien, Geld, Sonne, ein riesiges Büro mit schweren Holzmöbeln. Ehre. Gravitas. Eine bessere Sekretärin. Millionäre als Studenten. Schon erstaunlich, dass man in dem Alter noch abgeworben werden kann. Stell dir vor, da könnte er im weißen Anzug mit einem Golfkart über den Campus fahren und von weitem die Leute grüßen, indem er mit seinem Ebenholzstock winkt. Und alles um ihn herum steht in Blüte.

Um sieben piepste die Uhr am Ofen. Um drei Minuten nach sieben klingelte es an der Tür und ich sagte, das ist Helene. Skye ging zur Tür, während ich mir Mehl von den Händen wusch und Antonin sagte, jetzt reden wir aber nicht mehr von solchen Dingen. Dein Besuch wird sich langweilen. Ich glaube, Framer hat sie sogar schon gesehen, sagte ich. Und an der Tür stellte Skye sich vor und sagte, dass sie sehr erfreut sei, und Helene flüsterte, dass der Taxifahrer kein Geld hatte haben wollen und gesagt hätte, die Fahrt sei schon im Voraus bezahlt. Und Skye antwortete, dass das durchaus sein könne, ich hätte das Taxi ja für sie bestellt, nicht wahr, und dass das schon seine Richtigkeit habe. Wir hätten sie eigentlich abholen wollen. Und dann kam ich mit Antonin aus der Küche, und Helene sagte hallo und umarmte mich ganz kurz, zum ersten Mal, und ich spürte ihre kühlen Fingerkuppen an meinem Hals und dann stellte ich Antonin vor. Der Chefarchitekt von Kauffman, sagte ich, obwohl ich ihr bereits am Telefon erklärt hatte, wen sie antreffen würde. Und dann legte ich meine Hand auf Antonins Schulter wie ein stolzer Vater und sagte, dieser Mensch hier weiß, wie viele Stufen du hinaufgehst in deinem Wohnheim und wie viele Schritte in dein Zimmer. Antonin fragte, in welchem

Wohnheim sie untergekommen sei und seit wann sie dort wohne. Im Graduiertenhaus am Walter Burley Griffin Drive, antwortete sie. Und ignorierte die zweite Frage, dachte wohl, dass es ihn nicht wirklich interessieren könne, wann sie eingezogen sei, und kam direkt zur Sache. Es sind vierundzwanzig Schritte von der Treppe, die wirklich ein Wunderwerk ist, zum Heulen schön, schwärmte sie, bis in mein Zimmer. Zweite Etage. Du kommst rein, sagte Antonin, und stehst direkt dem Fenster gegenüber. Das Panorama, die Tiefe und Breite einer amerikanischen Urlandschaft. Du blickst hinein in diese endlose, sattgrüne Senke mit dem Rinnsal in der Mitte, an dem einmal riesige, tausend Büffel zählende Herden getrunken haben. Es sieht aus wie frühe Landschaftsmalerei, als noch ganze Landstriche und ganze Gebirge in ein einziges Bild passten. Helene sah ihn an mit vor Aufregung und Vorfreude funkelnden Augen und lachte leise. Sagte, Confidence Creek. Antonin nickte. Du stehst da und denkst, erlaube mir der Runde preiszugeben, was du denkst, und fragst dich, wie kann das sein, woher diese Landschaft, wo sind die klebrigen, flachen, eintönigen Vorstädte geblieben, durch die ich gekommen bin. Wo steckt die Brut, die sie bevölkert. Warum führt hier keine Schnellstraße entlang.

Helene, die mit diesem Menschenhass nicht hatte rechnen können, sah ihn an, versuchte ihn einzuordnen.

Dein Einbauschrank, fuhr Antonin fort, hat diese

Lüftungsleisten unten und oben an den chinesisch-rostrot lackierten Holztüren und einen schweren, schwarz glänzenden Holzriegel, und bestimmt hast du dich über dieses Möbelstück gewundert. Wer hat schon so einen Riegel vor dem Kleiderschrank. Der Lehrling im Architekturbüro Mason-City, der immer nur mit MPA seine Zeichnungen signierte, hat die Türen nach dem Vorbild eines Brotschranks in einer Bäckerei der Amish entworfen. Seine Handzeichnung, datiert auf das Jahr 1937, haben wir im Archiv. Nach dem Schrank selbst schaue ich jedes Mal, wenn ich in Ohio oder hier auf dem Land herumfahre. Gehe in jedem kleinen Kaff in die Bäckereien, in Charm, in New Berlin, in Olentangy. Wir werden diesen Schrank kaufen, wenn wir ihn finden. Egal, zu welchem Preis. Und Skye meinte, ein chinesisch lackierter Brotschrank, vor 1937 von den Amish gebaut, das glaubst du doch selbst nicht. Aber Antonin ignorierte sie, schaute Helene an, wartend, ob sie reagieren würde, ob sie ihr Erstaunen äußern würde und ließ dann, als sie sich lachend zu Skye und dann zu mir wandte, seinen Blick schweifen. Helene verstand, dass ein Spiel im Gange war, dessen Regeln sie noch nicht gelernt hatte. Ließ es geschehen. Sie musste sich zu diesem Zeitpunkt nicht auf eine Seite schlagen. Aber Antonin war angespannter, als es sich für ein Spiel gehörte. Er hatte ein kaum merkliches nervöses Flattern in den Augen, als wenn der ihm sonst eigene einfache, gerade Blick eine Konzentration erforderte, die er nicht mehr aufzubringen im Stande war.

Helene strahlte, sah sich im Raum um, sah Bilder und Zeichnungen an der Wand und lachte. Ein frohes, beinahe kindliches Lachen. Wegen der sich eröffnenden Möglichkeiten. Es galt, die vorgefundenen Verhältnisse zu analysieren und noch an diesem Abend eine Freundschaft zu gründen, ohne das herrschende Gleichgewicht zu zerstören.

Helenes Gesicht war erhitzt und sie bemerkte, wie gut es roch. Sie sah Skye mit einem Blick voller Bewunderung an, und daran schien nichts Anbiederndes zu sein. Vom ersten Augenblick an bestand zwischen ihnen eine ganz natürliche, völlig transparente Beziehung, die sie nicht hatten aufbauen müssen, die von ihnen keine Vorsicht, keine angestrengte Einfühlung verlangte, sondern einfach da war. Von diesem ersten Moment an stand ihr Verhältnis auf einem festen, unverrückbaren Sockel des absoluten Vertrauens.

Helene wandte sich Antonin zu und meinte, dass sie nie eine solche Landschaft und solche Gebäude gesehen habe, umwerfend sei das, und wie glücklich er sich schätzen müsse, darüber verfügen zu können. Dann tat sie einen Schritt auf mich zu und fasste meinen Ellenbogen, so dass in mir ein eigentümliches, sekundenlanges, kribbelndes Aussetzen oder Hüpfen des Herzmuskels spürbar wurde, ein Gefühl, das mir beinahe, so dachte ich, vor Jahren, eigentlich schon in meiner Jugend, abhanden gekommen war, und sie sagte, dass sie sich für das Taxi bedanke. Dass das wirklich nicht nötig gewesen wäre. Kommt in die Küche, sagte ich. Wir trinken einen Port oder ein Glas Wein, bis das Essen fertig ist.

Wir saßen auf Hockern um die große Arbeitsfläche, aßen Käse und führten ein Gespräch, das so fließend war, wie ich es noch nie erlebt hatte. Gesprächspausen ergaben sich nur, wenn einer überlegte oder schmunzelte, nie aus Verlegenheit. Sie waren unbelastet, natürlich. Es waren Freiräume, in denen sich die Möglichkeiten abzeichneten, die wir in den folgenden zwanzig Monaten durchspielten. Wenn sich unsere Blicke trafen, dann gab es einen kurzen, lautlosen Sprung in der Zeit. Antonin stand auf und half Skye, wann er nur konnte. Er ging an den Kühlschrank, wenn etwas gebraucht wurde, als wäre er hier zu Hause. Auch in der Tatsache dieses freien Umgangs lag Helenes Vertrauen und ihre Hingabe an diesen Haushalt begründet. Sie wusste von vornherein, dass hier Familie gespielt wurde. Es war ein Spiel, an dem sie große Lust hatte teilzunehmen.

Beim Essen fragte sie uns regelrecht aus. Sie wollte alles über Antonin und die Verhältnisse, in denen er lebte, erfahren. Er sprach mit größter Offenheit über alles, was ihn betraf. Nur von Larrys Mutter sprach er nicht. Er erzählte von den Radrennen und auch davon, wie Larry mit dem Asthma kämpfte, und wir sprachen über die Frage, warum Menschen sich gerade in einem Bereich profilieren wollen, für den sie eigentlich nicht geeignet zu sein scheinen. Über die Paralympics sprachen wir, aber Antonin bestand darauf, dass Larrys Situation eine andere sei, da er keine Sonderbedingungen für sich in Anspruch nehme und gegen andere, nicht behinderte Sportler antrete. Es sei auch nicht so schlimm, durchaus mit dem richtigen Medikament im Griff zu behalten, und es sei eben auch eine Frage der Tagesform, weshalb Larry im Gesamtklassement zwar nicht ganz vorne mitfahre, durchaus aber als ernster Gegner gelte und auch hin und wieder einen Tages- oder Etappensieg einfahre. Besonders bei den kurzen und kürzesten Strecken sei er gefürchtet. Ein Sprinter eigentlich, der die langen Strecken mitfährt, um im Gesamtfeld nicht unterzugehen.

Helene beantwortete ihrerseits allerlei Fragen, deutete an, dass sie diesen Stahl im Rücken habe und erklärte lachend, dass sie auf Flugreisen ein Röntgenbild mitnehme, wegen der Detektoren am Flughafen. Sie fragte Skye über ihre Sammlung aus und über ihren Beruf, und Skye erzählte und erklärte bereitwillig, womit sie beschäftigt war und was sie bewegte. Sie hielt mit nichts zurück, sprach dann auch von den Bemühungen von Kauffman, an die Sammlung heranzukommen, was mich wunderte, weil sie selbst mir gegenüber bei diesem Thema meist zurückhaltend war. Sie wollte sich nicht auf diese Sammlung reduzieren lassen. Ich weiß im Moment nicht, was für Kauffman spricht, außer dass Farald dort arbeitet beziehungsweise dass wir hier wohnen. Und andererseits, meinte Skye, die Architektur wäre schon der ideale Rahmen. Aber sie müssten anbauen, woraus sich neue Schwierigkeiten ergeben. Du wirst diese Schlacht für mich schlagen, Antonin, nicht wahr, wenn es einmal so weit ist? Antonin machte eine rollende Bewegung mit dem Kopf wie ein Sportler, ein Boxer, der zu verstehen gibt, dass er zwar angeschlagen, aber noch längst nicht bereit zum Aufgeben ist. Ein kurzes Auflockern der Nackenmuskulatur und ich bin wieder da.

Im Moment rechne ich damit, sagte Skye, dass wir eine befristete Leihgabe machen an ein Museum, das Platz hat, ständig mindestens vierzig Prozent der Bilder auszustellen. Mindestens siebzig Prozent der Werke, einschließlich einiger Zeichnungen und Drucke, müssten in die Rotation aufgenommen werden. Am liebsten alle, außer zwei oder drei vielleicht. Wo ich mich verkauft habe. Das kommt natürlich vor. Die stehen im Keller. Die kann ich dir auch nachher zeigen, wenn du Lust hast. In Cincinnati gibt es Interesse, in Kansas City, in Houston und in ein paar anderen Städten. Alles interessante Aussichten. Vielleicht fangen wir bald an zu verhandeln, sagte sie. Blickte Antonin an und dann mich und breitete ihre Arme aus, so dass sich das Bild eines Teams ergab. Ich habe damit nichts zu tun, sagte ich, an Helene gerichtet. Das weiß Skye auch und trotzdem versucht sie, mich einzuspannen. Als hätte ich irgendetwas beizutragen.

Später, als wir zu Ende gegessen hatten, erzählte Helene von ihrem Bruder, der zur gleichen Zeit wie sie nach Amerika gekommen war, inzwischen aber wieder in Düsseldorf wohnte. Er habe versucht, in Los Angeles

Fuß zu fassen, habe sich mit verschiedenen Arbeiten über Wasser gehalten, auch ein Drehbuch geschrieben, das aber natürlich nirgendwo gelesen, geschweige denn angenommen worden war. Helene erzählte beinahe ohne Unterbrechung, so als ginge sie völlig in der Zeit auf, als gäbe es zumindest während des Erzählens nichts anderes als die Vorgänge, von denen sie berichtete. Sie sank in eine andere, in sich schlüssige und sich selbst tragende Welt ein. Ihr war anzusehen, dass sie sich in dieser Welt wohl fühlte. Nur einmal unterbrach sie ihre Geschichte. Sie berichtete, dass ihr Bruder sich bei seinen Schreibversuchen hartnäckig geweigert habe, jemanden sterben zu lassen. Unter allen Umständen überleben alle meine Figuren. Darauf bestehe ich, hatte er immer wieder gesagt. Denn das bin ich ihnen schuldig. Helene meinte, lachend, dass diese Weigerung der Grund für die Erfolglosigkeit ihres Bruders in Hollywood gewesen sei. Er habe auf dem Standpunkt gestanden, dass es einfacher sei, einen ungerechten, brutalen, vielleicht auch überraschenden Tod darzustellen, schriftlich oder in Bildern, als eine einfache Malzeit. Und obwohl Antonin Einspruch erheben wollte, fuhr Helene fort, so, als wäre es auch ihre eigene Meinung, dass jeweils ein Todesfall, ein Unglück in einer erfundenen Geschichte natürlich nicht mehr dieselbe Bedeutung habe wie das Unglück oder der Unfall im richtigen Leben. Denn welcher Autor verzichte schon darauf, auch dem Unfalltod, dem willkürlichsten, sinnlosesten Unfalltod noch Bedeutung, Vorsehung, Sinn unterzuschieben. Und dann sei es eben kein Unfall mehr, ja, eigentlich sei so ein Tod nicht mehr von der Sinn- oder Signalhaftigkeit eines Mordes oder Selbstmordes zu unterscheiden. Und Mord oder Selbstmord sei ja nun die Holzhammermethode. Normales Sterben sei also nicht darstellbar.

Als ich sie dort sitzen sah, sah, wie sich ihre Lippen in ständiger Bewegung befanden, kam mir in Erinnerung, was sie mir über ihren Stiefvater erzählt hatte. Dass er inzwischen allein war, nicht mehr aus dem Haus kam, Helene anrief, damit sie ihm Stoff lieferte, über den er schreiben konnte. Er war alt und krank, hatte sein ganzes Leben lang geschrieben, meist für sich, für seine Familie, für die Schublade, jetzt war ihm der Stoff ausgegangen. Das Leben abhanden gekommen. So hatte sie gesagt. Jetzt saß er da in einem Rollstuhl, saß vor seinem Fenster und blickte hinaus und nichts, was sich da draußen abspielte, hatte irgendeine Ähnlichkeit mit einem Erlebnis, mit einer bemerkenswerten Begebenheit, die festzuhalten sich gelohnt hätte.

Unter anderem hatte Helenes Bruder für den Schriftsteller Daniel Markner gearbeitet. Er half dem Autor mehrere Wochen lang bei der Niederschrift einer Novelle mit dem Titel Wunderliche Nachbarn, was sich als äußerst schwierig gestaltete. Denn Markner, der immer und überall erzählte, dass er mit Faßbinder befreundet gewesen sei und dass sie einmal in New York einer

Kastration als Performance beigewohnt hätten, ohne Narkose, ja, Markner also kam oft Stunden zu spät, manchmal erst nach Mitternacht und immer schon sturzbetrunken, zum Diktat in Alex' Wohnung. Dann wurde er gelegentlich ausfällig und begann, sich über Alex' Einrichtung oder seine Bücher oder über die Stadt und das ganze Land lustig zu machen, und einmal warf er sogar ein Glas an die Wand und lachte dann, als Alex in die Küche eilte, um einen Lappen zum Aufwischen zu holen. Dann wiederum heulte Markner sich aus, statt zu diktieren, und verging vor Selbstmitleid, dieser Schriftsteller, der am Berliner Ensemble gearbeitet hatte und bei einem der besten deutschen Literaturverlage untergekommen war, sagte Helene. Der eine Wohnung in London besaß, natürlich in bester Lage, und mit Preisen überschüttet wurde. Auch wenn das Publikum ihn weniger mochte als die Kritiker. Dieser Schriftsteller, der ein Kind hatte mit einer bekannten und intelligenten Berliner Regisseurin, heulte sich aus bei Alex, der von Übersetzungsarbeiten mehr schlecht als recht lebte, dessen Wohnung er im Begriff war zu ruinieren. Die Novelle, wie er sie bezeichnete, musste fertig werden, sie war bei der Rückkehr nach Deutschland abzuliefern, dass das wichtig war, war klar. Alex wurde dann ungeduldig und speicherte das, was sie hatten, in einer B-Version auf seinem Computer ab und begann nun, selbstständig an der Geschichte weiterzuschreiben, in der es um einen Mädchenmörder ging, mehr konnte Helene nicht sagen. Wenn Markner abends kam, bat er Alex, ihm einen Whiskey zu bringen und vorzulesen, was er in der Nacht zuvor diktiert hatte. Und Alex begann vorsichtig, Abschnitte einfließen zu lassen, die er selbst am Tag verfasst hatte. Er machte Änderungen in dem Wenigen, was Markner tatsächlich selbst geschrieben hatte. Und Markner war mit sich zufrieden. Sagte, dass es doch vorangehe. So betrunken könne er doch gestern nicht gewesen sein, und Alex solle sich nicht in die Hose machen. Es werde schon gehen. Auch wenn er manchmal nicht ganz pünktlich sei. Der Verkehr in LA und eure Mädchen hier sind so knackig und tagsüber ist es sowieso zu heiß in dieser Bude. Hast du eigentlich keine Klimaanlage? Doch, die hatte er, aber er wollte Strom sparen und so war es ihm auch ganz recht, wenn sie nachts arbeiteten.

Der Text wurde auf diese Weise zumindest so weit fertig, dass er einem Lektor übergeben werden konnte. Markner vergaß, Alex für seine Dienste zu bezahlen und verschwand aus Los Angeles. Irgendwo in Süddeutschland nahm er für sein im Vorjahr uraufgeführtes Theaterstück Lamento den mit fünfzehntausend Mark dotierten Gryphius-Preis entgegen und fuhr dann auf dem Rückweg in Frankfurt vorbei, um mit Soling, seinem Lektor, zu konferieren. Der stellte einige Brüche und Ungereimtheiten in der Erzählung fest, war aber sonst beeindruckt. Fand den Stil überzeugend, vielleicht einen Touch zu archaisch, aber das ist sicherlich Geschmackssache, meinte er und sagte: Damit wirst du dir ein neues Lesepublikum erobern. Die bürgerlichen

Ästheten, die du so verabscheust, werden dieses Buch kaufen. Und natürlich dein linksintellektuelles Stammpublikum. Das aber nicht viel abwirft, meinte Markner. Die anderen interessieren mich nicht, aber wenn sie dafür bezahlen wollen, ist es mir recht. Ich brauche einen Vorschuss. Statt eines beträchtlichen Vorschusses erklärte sich Soling nach einiger Diskussion bereit, einen Berliner Mietrückstand zu begleichen und gab ihm noch tausend Mark bar auf die Hand. Reden wir nicht drüber. Markner versprach, schnellstens Wunderliche Nachbarn zu überarbeiten und sich bei der Gelegenheit einen anderen Titel auszudenken. Er werde sich melden. Er flog nach London, hatte einen Absturz und ignorierte die Nachrichten, die Soling auf seinem Anrufbeantworter hinterließ. Schließlich raffte er sich auf und versuchte in einer einzigen Nacht siebenundzwanzigmal, Alex in LA zu erreichen, um Hilfe bei den Änderungen zu erbitten. Alex übernachtete zu dieser Zeit gelegentlich bei seiner Freundin in West Hollywood und hörte sein Band nach seiner Rückkehr ab. Er rief zurück, warum, weiß er nicht mehr, vielleicht, weil in ihm noch ein letzter Rest Respekt war vor dem Schriftstellerberuf im Allgemeinen und vor dem deutsch-jüdischen Exilanten, dem er seinen eigenen Text untergeschoben hatte, im Besonderen. Oder aber weil er inzwischen so etwas wie Stolz verspürte und seine Arbeit in diesem renommierten Verlag gedruckt sehen wollte. Und die besten Teile des Textes waren immerhin auf seinem Mist gewachsen, und er wollte nun den Erfolg dieser Novelle um einen Mädchenmörder. Wenn du unbedingt nachts anrufen musst, dann kannst du mich bei meiner Freundin erreichen, sprach er in London aufs Band, und gab die Telefonnummer an. Als er dann zwei Tage später mit seiner Freundin Pia sprach, sagte die, dass sie lange mit Markner telefoniert habe. Sie solle ihm dies und das ausrichten. Dass er sich wieder melden solle usw. Übrigens hört er sich wirklich sehr nett an, dein Schriftsteller, trotz der Bemerkungen, die du über ihn gemacht hast. Und überhaupt, er hat bestimmt nur vergessen, dir das Geld zu geben. Schriftsteller sind zerstreute Menschen. Geld ist für ihn nicht wichtig, Geld bedeutet nur Freiheit, hat er am Telefon gesagt, Freiheit zu schreiben. Wie lange hast du denn mit ihm telefoniert, fragte Alex, und war erstaunt, als sie sagte: Beinahe eine Stunde. Du kennst den Mann gar nicht, rief Alex, hast ihn nie gesehen. Und redest eine Stunde mit ihm? Na ja, wir haben uns sehr gut unterhalten, antwortete sie. Er hat eine schöne Stimme.

In den nächsten Tagen erreichte er Markner von zu Hause aus und sie besprachen einige Änderungen an dem Text. Alex versprach, ein Kapitel noch am nächsten Tag nach London zu faxen und dann könnten sie ja noch einmal sprechen, und überhaupt, wie es ihm denn gehe in London. War die Preisverleihung nett, fragte Alex, und Markner sagte nein, das seien alles Idioten, Lamento sei sein schlechtestes Stück. Dass sie es ausgewählt hätten, sei ja schon Zeichen genug, dass die Jury nichts von Theater verstehe. Er hätte diesen Preis schon vor Jahren bekommen sollen. Jetzt muss ich aber gehen, sagte Markner. Schick mir auf schnellstem Wege dieses Kapitel mit deinen Vorschlägen. Und er legte auf.

Er ist total süß, sagte Pia, als Alex nach weiteren zwei Tagen, in denen er wegen der Korrekturen kaum geschlafen hatte, zum Essen zu ihr kam. Wir haben gestern stundenlang miteinander telefoniert. Er weiß irgendwie haargenau, was ich sagen will, und ich verstehe auch haargenau, was er mir erklärt. Alex war erstaunt, dass Markner wieder angerufen hatte. Er staunte über Markner, der immerhin keine Zeit gehabt hatte, mit ihm zu plaudern oder sich bei ihm zu bedanken. Und er war erstaunt, dass Pia so viel Gefallen an diesen Anrufen fand. Pia erklärte, dass sie noch nie mit jemandem so hätte reden können, auf diesem Niveau, sagte sie, und das sei doch was Tolles. Sie haben über Heimat gesprochen und über Beziehungen und Markner hat die ganze Geschichte mit der Regisseurin erzählt und erklärt, wie es zu dem Kind gekommen ist. Und ich weiß wirklich genau, was er meint. Dieses Gefühl der Transparenz. Man geht über die Straße und meint, jeder könnte in einen hineinblicken. So hat er erklärt, wie er sie kennen gelernt hat. Er hat sich in ihr verstecken wollen.

In den nächsten Tagen rief Pia ein paar Mal an und sagte, Alex, komm heute Abend nicht vorbei. Ich bin müde und ja, Markner hat gestern wieder angerufen und wir haben ziemlich lange gesprochen. Ich erklär dir das irgendwann einmal, aber jetzt muss ich schlafen.

Wenn Alex dann versuchte, bei Pia anzurufen, war meistens besetzt. Nächtelang. Und Alex verstand es zuerst nicht, das konnte doch nicht sein, immerhin war das zu einer Zeit, in der die Minute aus London noch fast zwei Mark kostete, und dann dachte er, Scheiße, der Markner vertelefoniert tatsächlich den gesamten Gryphius-Preis mit meiner Freundin.

Er setzte sich auf sein Motorrad und fuhr über den Santa Monica Boulevard, parkte vor Pias Apartmentgebäude und klopfte an die Tür. Pia machte auf, war etwas überrascht. Sie sah abgekämpft aus und trug einen Jogginganzug, der unvorteilhaft war. Sie setzten sich auf das Sofa. Eine Aussprache sollte es werden. Sie sprach wieder davon, wie toll das sei, mit Markner zu reden, das sei wirklich ein absoluter Ausnahmezustand, noch nie in ihrem Leben sei ihr so etwas passiert. Er nennt mich Lovely Pia und lacht dann darüber und ich lache mit, bis ich nicht mehr kann, aber meistens sind wir ernst. Er interessiert sich für Politik und Philosophie, das brauche ich dir ja nicht zu erzählen. Er hat mir übrigens den Text geschickt, per Eilpost. Du hast ihn mir ja nicht geben wollen. Was ja auch richtig ist, sagte Alex, immerhin habe ich da so etwas wie eine Vertrauensposition, wenn ich diesen unveröffentlichten Text auf der Festplatte habe. Vertrauen, ja, das weiß ich jetzt, was Vertrauen bedeutet. Wirklich, ich habe noch nie jemandem so vertraut wie dem Daniel, das kannst du gar nicht verstehen. Er ruft immer an, ja. Immer er. Niemals andersherum. Ich habe seine Nummer gar nicht.

Das ist einfach so, wir haben noch nie darüber gesprochen. Er ruft mich an, drei-, viermal am Tag, erklärte sie in einem verhältnismäßig trockenen Ton, und Alex saß da auf dem Sofa wie erschlagen und trank an seinem Eiswasser und wusste wirklich nichts mehr zu sagen. Dann klingelte das Telefon, das direkt über dem Sofa an der Wand hing, und sie sahen sich an und Pia hob nicht ab, weil er sie anstarrte, sie ließ es klingeln, weil Alex sie dermaßen fixierte, bis der Anrufbeantworter ansprang und Markners weiche, dunkle Stimme sagte Hallo Lovely Pia, ich wollte nur noch mal gute Nacht sagen und dass mich unser Gespräch vorhin wirklich erschüttert hat, so ehrlich, so tief, das ist etwas ganz Besonderes für mich. Also gute Nacht.

Beide saßen sie da auf dem Sofa und wurden knallrot im Gesicht, und sie starrten auf den Anrufbeantworter, der gerade auf die Grußnachricht zurückspulte, und dann war Alex schlecht. Nach einer kurzen Pause klingelte es wieder und Markner sagte. Ja, und ich habe es mir überlegt, was wir vorhin besprochen haben, ich werde es dir morgen erzählen. Oder später, ich rufe später noch einmal an. Wo bist du eigentlich. Tschüss. Er legte auf.

Pia sah Alex an und sagte. Komm, reg dich nicht auf. Sie gab ihm einen Kuss auf den verspannten Mund und griff ihm an die Hose. Öffnete seinen Reißverschluss und begann, an ihm herumzureiben. Alex ließ es eine Weile geschehen, er war schon so ausgelaugt und widerstandslos, bis er sich daran erinnerte, dass ihm schlecht war und komischerweise auch kalt. Er schob sie von sich, steckte seinen halb erigierten Schwanz wieder in die Hose, die etwas zu eng war, und ging, ohne noch ein Wort zu sagen. Er schlug sogar die Tür zu, wenn auch etwas zaghaft. Er ärgerte sich über die feuchte, klebrige Enge in seiner Hose. Wegen des Motorrads.

Noch ein-, zweimal sprachen sie dann in dieser Zeit und Pia sagte, sie sei bemüht, Markner nach LA zu holen für eine Lesung. Das Goethe-Institut sei interessiert. Ja, und dann, Alex, weiß ich wirklich nicht, was passieren wird. Ich kann für nichts garantieren.

Einige Wochen später bekam er eine Ankündigung des Goethe-Instituts und beschloss hinzugehen. Er wollte sich selbst quälen, vielleicht, oder er wollte dort im Saal sitzen, damit sich das Gewissen des Schriftstellers rührte. Damit Markner zumindest einen kleinen Stich in seinem Inneren verspürte. Er durfte sich hier nicht wohl fühlen.

Die Lesung sollte beginnen, der Saal war immerhin halb voll. Der Direktor des Instituts hatte auch schon seine Begrüßung gemacht und angekündigt, dass es wohl eine kleine Verspätung gebe, man solle sich gedulden. Danach gebe es dann Häppchen und Getränke. Der Direktor hoffte, dass sie alle noch ein Weilchen bleiben könnten. Und. Es werde sicherlich eine angeregte Diskussion folgen.

Alex saß ganz vorne und sah sie schon durch die offene Tür. Markner und Pia und ein Angestellter des Instituts, der mit einer ungeduldigen und doch unterwürfigen Armbewegung zur Eile mahnte, schoben sich durch den etwas zu engen Gang, betraten den Saal. Pia hatte Alex schon gesehen. Sie gab Markner seine Mappe mit dem Text und setzte sich in die vorderste Reihe, ließ aber einen Platz frei zwischen sich und ihrem Exfreund. Pia, dachte Alex, gefällt sich in der Rolle der Privatsekretärin. Markner sah hinüber und nickte kurz in Alex' Richtung, während er seine abgetragene, sehr harte Lederjacke neben das Lesepult auf den Boden stellte. Ja stellte. Das Publikum lachte kurz. Es war ein eingespielter Effekt, ein kalkulierter Eisbrecher. Bei diesen Temperaturen eine Lederjacke, dachte Alex. Markner las zwanzig Minuten lang einen zum größten Teil von Alex verfassten Text und beantwortete Fragen dazu, unzureichend, wie Alex meinte. Markner schien gelangweilt und sagte schließlich, dass man sich doch am Büffet weiter unterhalten könne. Dann, im allgemeinen Umbruch am Ende des offiziellen Teils beugte Pia sich hinüber und sagte, wir gehen nachher etwas essen, du kommst doch mit. Alex wollte gerade nein sagen, da trat auch Markner an ihn heran, und mit ihm der anscheinend als Ortsführer abgestellte Goethemitarbeiter. Markner sagte, hallo Alex, ja natürlich kommst du mit, wir gehen einen trinken, aber danach muss ich noch in das Einkaufszentrum. Er will einen Toaster kaufen, sagte Pia, den es nur hier gibt. Einen Toaster, fragte Alex und sagte, na ja, jedem das Seine, worauf plötzlich der Kulturbeauftragte, der ein Spezialist für deutsch-jüdische Sachen war, ganz bleich wurde, Alex wusste nicht, warum. Aber Markner klopfte Alex auf die Schulter und sagte, komm, lass uns erst mal was trinken und er schob ihn vor sich her zum Büffet. Ließ ihn die ganze Zeit nicht aus den Augen, hielt ihn am Ellenbogen fest, wenn er dumme Antworten auf die dummen Fragen der alten Deutschstämmigen gab, zum Beispiel die Frage, ob er meine, dass Deutschland jetzt ein besseres Land sei. Meinen Sie denn auch, dass Deutschland sich zum Besseren gewandelt hat? Und die amerikanischen Studenten, die von der UCLA gekommen waren, stammelten Unverständliches, und Markner bemühte sich nicht einmal, Interesse zu zeigen. Wunderte sich vielleicht, dass diese Jugendlichen mit ihren Baseballkappen, mit ihren unerträglich braven Frisuren den Mut aufbrachten, dem nicht ganz unberühmten, immerhin gerade mit dem Gryphius-Preis ausgezeichneten Autor Fragen zu stellen. Fragen übrigens, die ihnen ihr Dozent nahegelegt hatte. Die Antworten, so dumm und bündig sie auch waren, verstanden sie natürlich nicht. Also, das kann man so nicht sagen, meinte Markner. Also, diese Figur ist natürlich erfunden, meinte Markner. Nur leere Blicke, Kopfnicken von Seiten der Studenten und ein möglichst höfliches Vortäuschen von Verständnis.

Sie gingen mit einer größeren Gruppe zu einem Italiener. Es war vier Uhr nachmittags und heiß, aber sie mussten draußen sitzen, in London sei es ja so selten, dass man draußen sitzen könne. Sie bestellten und

Markner schaufelte das Essen in sich hinein und sagte dann plötzlich, meine Freunde, wir müssen jetzt los. Es tut mir sehr Leid. Pia zog ihn am Ärmel und sagte, Daniel, können wir nicht noch ein halbes Stündchen sitzen bleiben. Wir sind doch gerade erst gekommen. Aber Markner, der sein Weinglas gerade im Stehen austrank und dem Institutsdirektor für das Essen dankte, sagte nein. Ich habe dir doch gesagt, dass ich diesen Toaster finden will. Er versuchte nicht einmal, leise zu sprechen. Pia flüsterte, das kannst du auch noch später machen oder ich schicke ihn dir zu, jetzt setz dich doch hin. Es ist doch nett hier, und sie haben uns immerhin eingeladen. Da wurde Markner ausfällig, sah jetzt auch wieder Alex an und schrie, dass sie ihn in Ruhe lassen sollten. Wenn ich einen Toaster kaufen will, rief er und stieß seinen Stuhl um, dann kaufe ich einen Toaster. Ich bin hier bezahlt worden, um meine Lesung zu halten, nicht um hier noch den ganzen Abend Smalltalk zu machen. Überhaupt dieses Amerikanische, sagte er in Pias Richtung, immer allen alles recht machen zu wollen. Und diese künstliche Höflichkeit. Und ging. Pia sprang auf und lief ihm hinterher, hielt ihn am Ärmel fest und sagte, noch in Hörweite des Tisches, das kannst du doch nicht machen. Markner riss sich los und rief, ihr Idioten. Ihr könnt mich mal. Pia fiel in seinen Schritt ein und versuchte sich bei ihm einzuhaken. Er ließ es sich nicht gefallen, rief: Scheiße, ich nehme mir ein Taxi, mich siehst du nicht wieder. Und als sie nicht loslassen wollte, schlug er sie ins Gesicht, dass sie aufschrie.

Markner stieg in ein Taxi und Pia stand in der Einfahrt wie gelähmt und starrte ihm hinterher. Keiner sagte ein Wort. Der Goethemitarbeiter stand schließlich auf und lief zu ihr, legte sogar seinen Arm um ihre Schulter. Die zwei, drei Leute, die wussten, dass Alex ein Freund von Pia war, blickten ihn an, fragend, ob er nicht eingreifen wolle. Aber Alex blieb sitzen, wie angewurzelt könnte man sagen, eine Salzsäule, aber das sind überhaupt keine Ausdrücke für die existenzielle Erfrorenheit, die ihn ergriffen hatte. Die blauen, zitternden Lippen. Pia drehte sich schließlich um, sah in die Richtung der Gruppe und dann auf meinen Bruder, der sich nicht regte. Dann machte sie sich los und ging den Bürgersteig hinunter. Verschwand. Verschwand für immer aus seinem Leben. Sagte Helene, leise.

Filipe hatte das Café verlassen, ohne sich noch einmal umzudrehen. War jetzt auf dem Weg zu einem Termin oder er stand an einer Bushaltestelle und wählte die Nummer der Steuerbehörde. Eine Telefonistin erklärte, dass das Fräulein schon fort sei. Aber er könne gern eine Nachricht hinterlassen. Ja, sie wisse schon, wer er sei. Und Filipe bedankte sich, ohne eine Nachricht zu hinterlassen, sah, wie der Bus die steile Straße hinaufkam. Sah die beim Herunterschalten ausgestoßene Rußwolke, die sich auf Bürgersteige und Spaziergänger legte. Filipe stieg ein und hängte sein Handgelenk in eine Plastikschlaufe.

# 7

Der Abend füllte sich und die Nacht füllte sich mit diesen Geschichten und mit unseren Gesprächen darüber. Helene erzählte noch mehr, immer in dieser abgeschlossenen Form. So dass kein Nachfragen unsererseits, keine Erklärung ihrerseits notwendig waren. Wir saßen im Wohnzimmer, tranken und ließen uns unterhalten. Sprachen über Kalifornien und über Kunst. Über das Getty-Museum, David Hockney. Kalifornien als grandioser Einfall. Als monströses Experiment. Ein Plan, der nicht aufgegangen war. Der Mensch hatte sich gegen sich selbst durchgesetzt, konstatierten wir in angetrunkenem Zustand. Und die Modalitäten, die wir für diese Aussage in Betracht zogen. Doch noch, gerade noch durchgesetzt hat sich der Mensch, endlich und möglicherweise. Oder scheinbar. Dann stand Skye auf und zog Helene aus ihrem Sessel, nahm sie mit in den Keller und zeigte ihr Bilder. Ich fragte Antonin weiter über sein Gespräch mit dem Präsidenten aus. Wegen der Sammlung. Ich wollte mich nicht einmischen, aber ich wollte Skye in Schutz nehmen. Die unvermeidlichen Verhandlungen sollten so lange wie möglich hinausgeschoben werden. Damit Skye, deren Ruhe und Ausgeglichenheit für uns alle wichtig war, nicht aus der Fassung gebracht würde.

Als ich am Morgen die Treppe herunterkam, saß Skye mit angezogenen Beinen in einem Schaukelstuhl am Fenster und telefonierte. Ich holte die Zeitung. Machte Kaffee. Mir war schwindlig. Skye sprach in den Hörer. Ja, in einer halben Stunde dann, in einer halben Stunde bin ich da. Ein Termin bei meinem Anwalt, sagte sie und gab mir einen Kuss. Weißt du eigentlich, wie betrunken du warst? Du hast da gesessen und uns angestarrt, als wärst du gerade erst gelandet, als wärst du gerade aus einer sehr fremden, sehr schönen Welt zu uns gekommen und hingest noch deinen Erinnerungen daran nach, und wir haben Ferry gerufen, komm zu uns zurück, Ferry, wir lieben dich. Aber du hast nur da gesessen und warst zu nichts mehr zu bewegen. Irgendwann, so um eins, halb zwei bist du einfach eingeschlafen.

Gibst du mir einen Kaffee? Und sie sagte, dass es spät geworden sei und dass sich die beiden ein Taxi zum Campus geteilt hätten. Ich habe alles aufgeräumt. Sie hat eben angerufen, um sich zu bedanken. Ich glaube, sie wollte mit dir sprechen. Bitte ruf sie zurück. Skye nippte kurz an der Tasse, die ich ihr in die Hand gegeben hatte, nahm ihre Aktenmappe und lief hinaus. Rief die Einfahrt hinauf, dass sie in Eile sei.

Gegen Mittag rief ich im Graduiertenwohnheim an. Helene sagte, wie wohl sie sich bei uns gefühlt habe und wie nett wir zu ihr gewesen seien. Sie war begeistert von den CAD-Entwürfen, die wir ihr spät in der Nacht gezeigt hatten. Antonin war mit seinem Finger über Skyes riesigen Bildschirm gefahren, hatte alles erklären wollen. Bis Skye seine Hand wegschob und sagte. Lass uns doch einfach mal schauen. Wir standen um Helene herum, die von Antonin auf den Schreibtischstuhl gedrückt worden war. Er stand rechts von ihr und bediente die Maus. Wir beugten uns zum Bildschirm hinunter. Skye hing mit ihrer Hand an meiner Schulter und lehnte sich gegen mich. Ich bemerkte den Geruch der frisch gewaschenen Haare und spürte Helenes Wärme in meinem Gesicht, und während Antonin redete, immer weiter redete, nicht zu bremsen war, während er von Neigungen sprach und von Trägern und Achsen, von Hebeln und Überhängen, starrten wir auf das Haus, wie es sich langsam und lautlos drehte, schwebend auf dem weißen, leeren Hintergrund. Zuerst waren es nur ein paar Linien im weißen Raum, ein zerbrechliches, transparentes Gebilde in einer Schneelandschaft. Später wurden daraus Räume, bauten sich Wände auf, Farben, Naturfarben wurden ausgegossen und Treppen entstanden und wurden begehbar, und eine Landschaft legte sich über eine weite, per Mausklick vom Spätsommerlicht durchdrungene Ebene. Und Antonin simulierte einen Sonnenuntergang, sagte um soundsoviel Uhr an Skyes Geburtstag, wenn die Sonne hinter dem westlichsten Apalachenausläufer untergeht, dann fällt noch ein letzter Streifen Licht hierher. Siehst du, hier.

Ja, ich bin gut nach Hause gekommen, antwortete Helene auf meine Nachfrage, Antonin hat mich zum Wohnheim gebracht. Auf der Fahrt hat er wieder von Larry erzählt. Er will, dass ich ihn kennen lerne, er will es unbedingt. Ja, ich spüre eine gewisse Dringlichkeit, weiß nicht, woher sie kommt.

Komm mit mir einkaufen, sagte ich, dann fahren wir nachher an dem Grundstück vorbei. Und. Dass ich mich entschuldigen wolle. Wegen des Trinkens. Das sei mir noch nie passiert. Aber Helene sagte nur, dass ich wohl müde gewesen sei. Meinst du, du hast zu viel getrunken? Hat Skye das gesagt? Du hast irgendwann da gesessen, auf dem Hocker, und aus dem Fenster gestarrt mit der Flasche Wein in der Hand, als gäbe es da etwas zu sehen. Hypnotisiert vom Nachtschwarz da draußen. Aber da war nichts, Ferry. Ich habe versucht zu sehen, was du da siehst. Ein paar Umrisse, verstreute Gartengeräte und Möbel und dahinter eine undurchlässige Wand aus Bäumen, sonst war da nichts.

Ich bat sie, an der Auffahrt zum Wohnheim auf mich zu warten und holte sie ab. Sie stieg ein und gab mir einen kurzen, kühlen Kuss. In einem Café auf der anderen Seite des Tals, das sich vor Helenes Schlafzimmerfenster ausbreitete, bedienten wir uns am Brunch-Büffet. Wir balancierten die überfüllten Teller und Salatschüsseln an unseren Tisch zurück, meinten, die

Kellnerin, die wegen der Getränke gekommen war, habe kritisch oder zumindest verwundert auf die Teller geschaut, und lachten darüber. Wir kommentierten, was wir aßen. Helene gab mir ein Stück Fisch zum Probieren. Nahm mir ein Stück Baguette weg. Wir bestellten Sekt und machten uns über die Menschen lustig, die hier saßen. Wir machten uns über uns selbst lustig. Es sei zwar nicht New York hier, aber man könne trotzdem glänzen. Eine glänzende Oberfläche zur Schau tragen. Schön sein und jung und viel essen, ohne zuzunehmen. Keine verschrumpelte Haut hier, keine gelben Zähne. Diese perfekten Zähne, Helene, hast du das bemerkt? Ein perfektes Lächeln und hinter glänzenden Lippen in diesen Herbstfarben aus den neuen Kosmetikkatalogen strahlen die Zähne der jungen Leute. Jeder ein Filmschauspieler. Jeder auf seine Weise perfekt.

Über den Noriega, der draußen auf dem Parkplatz stand zwischen den Passats und Volvos und den glänzenden Geländewagen, schimpfte sie mich aus, sagte, ich müsste mir schon einen neuen Wagen besorgen, wenn ich sie noch mal mitnehmen wolle. Sie lachte und sagte, du kannst nicht dieses Leben führen und dann mit einer Schrottkiste durch die Gegend fahren und so tun, als gehörtest du nicht dazu. Als wolltest du nicht mitziehen, Herr Professor. Ich dachte einen Augenblick daran, dass wir gesehen werden könnten von irgendwelchen Studenten oder den Kollegen, und ich erinnerte mich daran, dass Jake gesagt hatte, Erin trüge ihr ganzes Geld von der Mall in diese Lokale, es sei jetzt schick unter Jugendlichen, essen zu gehen. Was mir unverständlich war. Aber ich hatte Erin nicht gesehen.

Auf dem Weg nach Elphinstone hielten wir mehrmals an. Hier ein Grundstück, das wir nicht gekauft haben, weil es zu nass ist. Oder zu steil. Oder zu dunkel. Aber schau mal, der Ausblick. Und dort, Helene, siehst du, wo die hohen, bunten Gräser sind, an der Birke, liegt ein alter Friedhof. Niemand in dieser Stadt hat Vorfahren dort. Alle sind zugezogen. Die Gräber dort sind Gräber von Unbekannten, auch wenn auf den Grabsteinen ihre Namen stehen.

In Elphinstone im Bio-Supermarkt trafen wir auf die Frau des Dekans und ich stellte Helene einfach mit ihrem Vornamen vor, erklärte ihr nicht, wer sie war und wie sie zu mir gehörte. Während die Frau versuchte, eine Diskussion mit mir zu beginnen, entfernte sich Helene unauffällig und ging an den Regalreihen entlang, und ich dachte, welch ungewohnte Großzügigkeit, gerade mal brusthohe Regale. Wo man den Platz doch ausnützen, vollstellen könnte. Sie nahm hier und da eine Packung oder eine Dose heraus und las. Während ich der Frau des Dekans klar zu machen versuchte, dass Hitler kein Psychopath war, sondern leider ein gesunder Mensch, sprach Helene Spanisch mit dem Mann an der Käsetheke, der ihr ein Stück nach dem anderen in eine Serviette legte und zum Probieren herüberreichte, wie ich mit Erstaunen sah. Als sie mir schließlich auf einem kleinen Kärtchen den Namen des von ihr verehrten Hitlerbiografen notierte, schob Helene einen Einkaufswagen mit einem lachenden Kleinkind vor sich her und zeigte auf dies und jenes und sagte. Das ist gesund, hier, und davon lässt du lieber die kleinen, klebrigen Finger. Zog dem Kind die Mütze ab, dass es kreischte vor Freude. Setzte das Mützchen wieder auf, dass es kreischte vor Freude. Ich verabschiedete mich von der Frau, die noch sagte, wussten Sie eigentlich, dass Hitler nur einen Hoden hatte, das erklärt eine ganze Menge, und ging zu Helene, die gerade das Kind an seine Mutter zurückgab. Sie war hochschwanger, hatte es der ersten besten vertrauenswürdigen Person überreicht, und der Mann an der Käsetheke hatte in gebrochenem Englisch gerufen klar, wir passen auf das Baby auf, wie heißt es denn, aber die Frau war schon in der Kundentoilette verschwunden.

Als wir unsere Einkäufe erledigt hatten und bezahlt hatten, sahen sie uns nach, der Käseverkäufer, die Kassiererin und die Schwangere, bis wir draußen waren. Wir hatten uns noch einmal umgedreht, bye bye gerufen und gracias und es war beinahe, als verabschiedeten wir uns vor einer langen Reise. Freunde und Familie sind gekommen, um uns zu verabschieden. Stehen da am Flugsteig, an der Gangway. Wir drehen uns noch einmal um, winken, verschwinden. Auf einen anderen Kontinent.

Noch bevor wir eingestiegen waren, kam auch die Schwangere heraus, schnallte das Baby auf dem Rücksitz fest und Helene nahm ihren leeren Einkaufswagen, der auf die Fahrbahn zu rollen drohte, und die Frau rief danke, danke, du bist wirklich nett. Ich heiße Anna und esse nur dieses makrobiotische Zeug. Wahrscheinlich bescheuert. Helene schob Annas Wagen in unseren und schubste die Fuhre laut rasselnd über den Parkplatz zur Sammelstelle. Das Baby grinste mich aus dem Toyota an. Eine Kassiererin winkte aus dem Fenster, als wir uns anschnallten. Helene winkte lachend zurück.

Wir fuhren langsam, so langsam, dass die Autos hinter uns zu drängeln begannen. Helene erzählte von St. Louis, von der Arztfamilie, die sie dort zuerst aufgenommen hatte, während ich versuchte, sie auf ihre Kindheit zu bringen und etwas über ihren Bruder zu erfahren. Sie war bei dem Arzt ausgezogen und hatte sich mit ihrem Freund eine Wohnung genommen. Zwei Jahre, dann ist er eines Morgens ins Schlafzimmer gekommen, hat da in seinem Trainingsanzug gestanden und gesagt. Es ist jetzt vorbei. Es war schön mit dir, wirklich, aber jetzt ist es vorbei. Hat seine Tasche gepackt, nur eine Sporttasche und hat gesagt. Ich gehe dann, und Helene hat auf dem Bett gesessen und keinen Ton herausgebracht.

Ob sie die friesischen Inseln kenne, fragte ich, und sie sagte, ja, schon ein bisschen, aber dann erzählte sie von Husum, vom Theodor-Storm-Museum und von einer im Watt versunkenen Hafenstadt. Dass sie einen Onkel habe, der dort als Grüner im Stadtrat sitze und den Slogan geprägt habe von der grünen Stadt am Meer.

Wir fuhren durch ein kurzes Waldstück, parkten und kamen zu einer rostigen Schranke, die ich von Hand öffnete. Nach etwa hundert Metern und einer Wegbiegung standen wir an der Baustelle. Niemand war hier. Sie hatten unter der Woche mit dem Aushub begonnen. Am Hang stand ein schwerer Bagger. Im Tal sammelte sich der Nebel, den wir schon vom Café aus hatten heraufziehen sehen. Die Sonne drang kaum hinter dem herbstlichen Dunst hervor. Helene stand mit verschränkten Armen da und blickte in das Tal. In der Ferne war ein Mountainbiker zu erkennen. Kein Laut drang bis hier hinauf. Dass man alle Menschen in Aussichtsmenschen und Deckungsmenschen einteilen könne, hat Antonin gesagt. Also es gibt Menschen, die oben auf einem Hügel sitzen und hinunterblicken wollen, so wie die Fürsten auf ihren Festungen stehen und das Umland überschauen, und es gibt Menschen, die sich in einer Senke verstecken, an eine Felswand schmiegen müssen, um sich geborgen zu fühlen. Die tief versteckt in einem Wald sitzen und sich dem Schutz der Natur anvertrauen. Es ist immer die Frage, wo liegt der Feind. Ihr beide gehört nicht zusammen, hat Antonin gesagt, nachdem wir einige Grundstücke besichtigt hatten, ohne uns auf eine Linie einigen zu können. Was ich euch baue, ist ein Kompromiss, ein an einen flachen Hang gepresstes Haus. Das den Blick hat auf das Tal, damit Skye im Traum dort auf der Terrasse stehen und die heranrückenden Truppen im Auge behalten kann. Aber es wird flach sein und an den Boden gedrückt. Wir graben tief in den Hügel und drücken das ganze Gebäude hinein, verankern es mit einem mächtigen Kamin.

Helene ging zum Auto zurück und holte ihre Jacke. Sie zog den Reißverschluss zu und steckte die Hände in die Taschen. Sie ging voraus. Ich folgte ihr hangabwärts. Als wir bei den Bäumen angekommen waren, drehte sie sich um und sah hinauf. Wahrscheinlich uneinnehmbar, sagte sie und nahm meine Hand. Sie zog mich in den Wald hinein, lief dann los, rannte und stolperte, ohne meine Hand loszulassen, bis sie nicht mehr konnte. Mein Herz klopfte, die Übelkeit vom Morgen meldete sich zurück. Ich riss mich los, stand still und schloss einen Moment lang die Augen, spürte, dass das satte Land um mich herum zu wirbeln begann und sagte, Helene, mir ist nicht gut, pass auf, ich setze mich hier hin, hier an diesen Baum. Ich lehnte mich zurück und zog die Beine an. Helene stand da und schwieg und wartete, bis sich mein Magen beruhigt hatte.

Was Skye ihr am Abend mit wenigen Worten eingeflüstert hatte, wollte sie nicht preisgeben. Warum hast du so gestrahlt, fragte ich. Was hat sie gesagt. Daran erinnerst du dich also, sagte Helene und grinste. Aber von ihrem Bruder erzählte sie, der einmal beinahe ertrunken sei. Bei Rees war ein Kahn gekippt. Aber der Niederrhein hatte vor dem Grenzübertritt noch einmal zeigen wollen, wie gutmütig er sein kann, seine väterliche, fürsorgliche Seite hat er zeigen wollen, sagte sie, und hat Alex ausgespuckt, deponiert an einer langen Reihe entlaubter Pappeln, frierend und heulend, bis ein Bauer gekommen ist und ihn in der beheizten Kabine seines Traktors mitgenommen hat.

Auf einer kleinen, windigen Insel, erzählte sie schließlich, habe ich im weißen Sand herumgestanden. Ich stand in der Hitze und um mich und mit mir lief ein Spiel ab, das ich nicht verstand.

Ich weiß, dachte ich, endlich, ich weiß ich weiß. Ich sah sie vor mir, wie sie in dieser Sonne verbrannte, die Sonne stand am Himmel, stolz stand sie am Himmel, weil sie nur zwei-, dreimal im Jahr diese Kraft aufbrachte. Kein Dunst, kein Hochnebel, der das Licht gefiltert hätte. Das war so ein klarer Tag, da war doch noch jemand, Helene, denk nach, da rannte jemand mit deinem Bruder durch den Sand, erinnere dich. Die Regeln, die wir nicht verstanden, forderten, dass du dich nicht von der Stelle bewegtest. Ich atmete die salzige Luft, derentwegen man mich hierhin verschickt hatte. Heftig, und es schmerzte in den Lungenspitzen. Dein Bruder und ich liefen von einer Station zur anderen, nie wissend, was uns erwartete oder wohin es als Nächstes ging. Du standst und verfolgtest uns, die wir dich umkreisten, immer umkreisten, mit deinem Blick, vergaßt, deine Füße dabei umzusetzen und wärst beinahe über dich selbst gestolpert. Du hobst deine winzige Hand an die Augen, zum ersten Mal in deinem Leben vielleicht, und verfolgtest uns und wusstest jetzt, was es bedeutete, geblendet zu werden. Hast immer wieder die Sonne aufgesucht und hast dich nicht mehr blenden lassen. Von diesem Tag an warst du gewappnet.

Was mit uns geschah, war kein Spiel. Ein Alptraum. Laken und Fahnen flatterten im Wind, Drachen drangen laut peitschend in den hartblauen Himmel, dachte ich. Erinnerst du dich? Zogen und zurrten an den Leinen wie räudige Köter. Ein Wellenbad schlug mir Salzwasser in die Nase, dass es brannte. Wer schaut, hat verloren. Überall lachten die Menschen, ich wusste nicht, warum. Als ich mich umdrehen durfte, lag vor mir ein Pfeil aus verwitterten, roten Holzleisten. Ich ging auf eine Station zu, die ich vorher nicht gesehen hatte. Es war eine Art Kasperltheater aus blauem Windfangmaterial, das sich plusterte und wie ein Segel hin- und herschlug. Dahinter ein Mann und eine Frau, die mich anlachten, als ich stolpernd zu ihnen gerannt kam. Nur ihre Köpfe und Schultern waren zu sehen in diesem Strandtheater, das mir lächerlich vorkam. Lucys Bude, dachte ich. Die braungebrannte Frau winkte mich heran, zwinkerte mir zu und wehrte mich gleichzeitig ab. Du darfst und du darfst nicht. Näher herankommen. Ich stand vor ihnen und sie kicherten und begannen, mich mit Obst zu bewerfen. Ich fing auf, was ich konnte. Warum, fragte ich mich. Was ist das für ein Spiel? Einiges ging zu Boden, in einer kurzen Feuerpause nahm ich es auf, drückte die Papayafrüchte an meine nackte Brust und steckte die Banane wie einen Colt in die Badehose. Papaya war damals eine Seltenheit, aber das war mir nicht klar. Die Sendung Am Laufenden Band mit Rudi Carell fiel mir ein und ich versuchte, mir die Früchte zu merken, die ich aufzufangen hatte. Die beiden lachten, sie lachten übermütig, und der junge Mann, der die ganze Zeit kein Wort gesagt hatte, legte seinen Arm um die Schulter seiner Freundin und zog sie an sich.

Sie winken mich weg, rufen hau ab, der Nächste kommt, du bist hier fertig und lässt dir am besten dort, im Hauptquartier, einen neuen Auftrag geben. Wir können mit dir nichts anfangen. Hast du gewonnen? Nein, was mit dem Spiel ist, wissen wir nicht, aber diese Station hast du nicht bestanden. Die Regeln erfährst du nie. Sagte ich dann auch zu diesem Mädchen, das dort auf dem Strand stand in der prallen Sonne. Sie ruderte mit ihren Armen. Komm, ich grabe dich ein, damit du nicht verbrennst. Mir war schwindlig vor Aufregung.

In der Rechten die Aktenmappe mit der Arbeit des Kandidaten, in der Linken einen zwei Wochen alten, kaum zweihundert Seiten starken SPIEGEL, müde und deprimiert, steige ich langsam die Stufen hinauf und laufe über den mit einem elliptischen Unendlichmuster gepflasterten Vorplatz zum Turm. Der Espressoladen hat, so scheint es, nur für mich geöffnet. Ein Student namens Jason begrüßt mich, als ich hereinkomme, meint, dass es doch nichts Angenehmeres gebe als den still daliegenden Campus an einem kühlen Sommermorgen und ich nicke dazu. Stimme ihm freundlich, schweigend zu. Dann vergehen einige wohltuende Sekunden. Ein Stillstand in der Zeit wie eine kleine, unscheinbare Pfütze in einer Ackerfurche. Zeit, die nichts und niemandem entgegenstrebt. Auszeit. Jason gönnt sie mir, genießt sie mit mir. Versteht.

Ich war im Frühjahr in Ihrer großen Übung, sagt er dann, genau im richtigen Augenblick. Ich könnte ihm um den Hals fallen. Ich antworte nicht und denke, ich weiß, wer du bist, kenne dein Gesicht, Junge, die kleine Narbe in der linken Augenbraue. Und ob du es glaubst oder nicht, ich kann deine Handschrift von hundert anderen unterscheiden, weil du mir einmal eine zweizeilige Notiz ins Fach gelegt hast. Dass deine Vierzehntagearbeit nicht fertig wird. Wegen der Mutter, die du in Sandusky aufsuchen musstest. Krebs. Ich hatte die Notiz gelesen und war vor Janets Büro stehen geblieben, hatte mir die Szene vorgestellt. Die Frau, Anfang, Mitte fünfzig, liegt in ihrem Bett in einem weißen, holzverkleideten Kleinbürgerhaus an der Küste des Eriesees und streicht dir mit der dürren, zitternden Hand übers Gesicht, sagt, es ist ernst und da ist sie ja, die kleine Narbe. Ich hatte sie schon beinahe vergessen. Und der Vater, ein Overall-Mensch, der es nicht mehr nötig hat, Overalls zu tragen, kommt rein und sagt Kinder, seid mal nicht so deprimiert, und, soll ich dir die Vorhänge aufziehen. Er geht zum Fenster und zurrt an der Kordel. Ohne seine Nervosität zu zeigen. Der Campingplatz ist ausgebucht, sagt er dann, vor dem Fenster stehend. Falls ihr es nicht gemerkt habt, das ist eine gute Nachricht, das wird uns ein paar Tausender mehr in die Kriegskasse spülen. Aber du beachtest ihn kaum, du nimmst die Hand deiner Mutter und flüsterst es so hin, das Ich-Muss-Jetzt-Fahren. Streng dich an, sagt sie, du bist mein ganzer Stolz, Kind. Und der Vater steht noch immer an dem Vorhang.

Jason arbeitet an meinem Cappuccino, sehr routiniert, und ich sage schließlich doch etwas, ich erinnere mich, sage ich, während er die Milch aufschäumt, du hast den Aufsatz über die so genannte Bonner Republik eingereicht. Eine Art Reisebericht, nicht wahr? Mir haben diese Bilder und Erinnerungen gut gefallen. Wie du als Zwölf- oder Dreizehnjähriger mit deiner Mutter auf dem Bonner Marktplatz standst vor der restaurierten Freitreppe des restaurierten Bonner Rathauses. Ein warmer, beinahe mediterraner Herbsttag. Unten standen die Marktleute an ihren Ständen und schrieen euch die Traubenpreise hinterher. Deine Mutter schüttelte mit dem Kopf und sagte: Dass ich nach Europa kommen muss, um zu erfahren, um wirklich zu erfahren, wie Marktwirtschaft funktioniert. Und während sich die Händler unterboten und überstimmten und sich die alten Frauen mit ihren verwitterten Vinyltaschen ihre Wege durch die engen Marktgassen bahnten, gratulierte über dir auf der Freitreppe des Rathauses eine Bundeskulturbeauftragte per Handschlag allen Mitgliedern eines Jugendorchesters, was eine Weile dauerte.

Keinen Zimt, sage ich im letzten Moment und Jason stellt mir den Becher hin und sagt, geht aufs Haus, lassen Sie es sich schmecken. Ich werfe einen Blick nach oben und vergewissere mich, dass die Wanderausrüstung noch dort hängt.

Die fachübergreifende Kommission traf sich mit einer Viertelstunde Vorlauf vor der eigentlichen Prüfung. Sie schoben mir ein Papier hin, das ich unterschrieb, während ich noch einmal, zum hundertsten Mal, Revue passieren ließ, was Helene damals erzählt hatte über den Sommer auf der kleinen Insel. Über den Strand, über das sinnlose, weil unverständliche Spiel. Ob es weitere Hinweise gab, dass sich ihre Geschichte und meine Geschichte schon einmal, in der Vorvergangenheit, berührt hatten. Und ich versuchte noch einmal, das Wenige, das sie tatsächlich preisgegeben hatte, mit meinen eigenen übersprudelnden Kindheitserinnerungen abzugleichen, die sich aber dazwischen geschoben hatten, die sich in ihre Erzählung, in meine Erinnerung an diese Erzählung eingeschlichen hatten, so dass sie zu einer einzigen Erfahrung verschmolzen waren, an der wir entweder, so dachte ich jetzt, beide teilgehabt hatten oder die gänzlich fiktiv war.

Die Kollegen kannten sich, zweifellos aus der Gremienmühle der Fakultät, aus der ich mich herauszuhalten versuchte. Sie lehnten ihre Arme auf den Tisch und beugten ihre Gesichter zueinander herunter, als führten sie ein konspiratives Gespräch, und sie sprachen doch laut genug, dass ich es hören konnte. Dass die Tochter schon aus dem Haus sei, ihren Freund und ein paar Möbel in einen Mietlieferwagen gesteckt habe und unterwegs sei nach Westen. Dass sie ihr ein Handy geschenkt haben, um sie erreichen zu können, du weißt ja, wie die Kinder heute sind, aber sie schalte es nicht ein. Und der

Kollege erzählte von seinem Haus, das einen neuen Außenputz benötigt habe und dass sie lange nach einem Handwerker gesucht hätten. Aber jetzt sei alles erledigt, und dann wandte er sich unvermittelt mir zu und sagte, sind Sie nicht derjenige, entschuldigen Sie, dass ich so frage, für den Antonin Nechodoma das Haus am River Forest baut? Nicht Villa, sondern Haus sagte er, zweifellos, um mir nicht zu nahe zu treten. Ich bejahte und bemühte mich, nicht in eine Unterhaltung darüber gezogen zu werden, aber sie gratulierten mir, das ist ja toll, worauf ich mich bedankte. Dass das als Mäzenatenakt zu verstehen sei. Großzügig, riefen sie. Und großartig. Und nochmals Glückwunsch. Wissen Sie, meine Frau, sagte ich und dachte, dann bringe ich sie halt durch vermeintliche Offenheit zum Schweigen. Durch Anbiederung oder falsche Verbrüderung. Weil ich wusste, dass derjenige, dem selbst zum Heulen ist, unter allen Umständen vermeidet, dass sich jemand bei ihm ausheult. Ich bin ein armer Hund, sagte ich, habe an dieser Entscheidung keinen Anteil, ich brauche Ihnen ja nicht zu sagen, was man als Akademiker verdient und wie wenig Zeit übrig bleibt für solche Dinge, bei den Bergen von Akten, Papieren, Seminararbeiten. Wie kleinkariert und unspektakulär mein Leben sei im Vergleich zum Leben meiner Frau, erklärte ich, die es sich in den Kopf gesetzt habe, eine architektonisch herausragende Villa zu bauen, dass das wirklich nicht meine Sache sei. Dass es nicht leicht sei, eine solche Entscheidung mitzutragen. Dass ich mir nicht einmal vorstellen könne, in diesem Haus zu leben. Und sie blickten vor sich auf ihre Mappen und deuteten ein Nicken an, peinlich bewegt, weil ich ihren neidvollen Überlegungen und blöden Schlussfolgerungen vorgegriffen hatte. Ertappt. Weil sie an ihre eigenen Frauen dachten, an ihre eigenen Unfreiheiten. Die Beschränktheit ihres Lebens, die Unbewohnbarkeit ihrer Welt. Ich triumphierte innerlich und begann schließlich, weil den Kollegen nun die Worte fehlten, im SPIEGEL zu blättern. Dachte an Skye, dachte an Helene und an die unermessliche, die unermesslich flüchtige Großzügigkeit, die mein Leben war.

Als sich die beiden schließlich gefasst hatten und bereits wieder nach meinem Blick suchten und zweifellos nochmals anfangen wollten von dem Haus, von Antonin Nechodoma oder von dem *Kunstsinn* meiner Frau, klopfte der Kandidat an die Tür. Der Protokollführer, ein Assistent aus dem hoch angesehenen Zentrum für Kognitionsforschung, sprang mit militärischem Eifer auf und öffnete die Tür. Ich dachte, ich hätte mit Larry reden müssen, wegen Helene und wegen des Umzugs, aber ich kannte die Startzeiten nicht und wollte ihn nicht in einer Ruhepause stören.

Der Kandidat schwitzte heftig, während er unsere Fragen beantwortete, zur Zufriedenheit der beiden Kollegen, wie ich feststellte, und ich forderte den Assistenten auf, sich ruhig einzumischen, wenn der Kandidat nichts dagegen habe, immerhin habe man es hier mit einem Thema zu tun, das durchaus auch aus kognitionswissenschaftlicher Sicht zu betrachten sei, nicht wahr, und der Assistent dankte und hechelte schon, stürzte sich auf den kaum jüngeren Kandidaten und fuhr auf mit seinem eigenen Wissen. Wie es denn dann damit stehe, dass. Und ob er auch bedacht habe, dass. Er gab dem Kandidaten kaum eine Möglichkeit zu antworten. Es sei ja auch nicht auszuschließen, nicht wahr, da müssen Sie mir Recht geben, dass. Bis dann der Kollege mit der Tochter, die sich vermutlich irgendwo in Colorado aufhielt und dort Dinge anstellte, die auf dem Radar des Vaters nicht einmal ein schwächelndes Signal hinterließen, eingriff und sagte, es tut mir Leid, ich habe die Aufsicht über das Verfahren, und es scheint mir mit den Richtlinien nicht zu vereinbaren, dass wir einem Assistenten, nichts gegen Ihre Fachqualifikation, sagen wir mal, das Feld überlassen. Sie haben ja auch nicht bescheinigen müssen, dass sie die Arbeit tatsächlich gelesen haben, obwohl, selbstverständlich, das hat man ja gemerkt, kennen sie den Text sehr gut und vielleicht sogar besser als ich. Anfechtungsgrund, dachte ich und sagte, ja, da wird er wohl Recht haben, also streichen Sie mal aus dem Protokoll, was Sie gerade mit dem Kandidaten besprochen haben, wenigstens hatten wir etwas von diesem anregenden Austausch, und ich sehe ja, Sie haben eh nicht vernünftig protokollieren können, während Sie da, sagen wir mal, interrogativ vorgegangen sind, und die beiden steckten auf der anderen Seite des Konferenztisches kurz die Köpfe zusammen und lachten auf. Der Kandidat war einverstanden, sagte, schweißnass, aber charmant zu dem Assistenten, sie könnten sich ja noch ein andermal weiter darüber unterhalten, das interessiere ihn durchaus, und er wolle ja auch noch ein letztes Projekt zu diesem Themenkomplex durchführen, da sei die kognitive Perspektive durchaus, wie gesagt, interessant. Nein, meinte er, er hätte nichts dagegen, wenn die Passage gestrichen würde.

Helene hatte sich nicht festlegen lassen wollen auf diese Verbindung. Sie hatte sich gegen die Vorstellung gewehrt, dass wir so etwas wie alte Bekannte waren. In der alten Welt. Sie hatte sich von mir nicht in diese Überlegung hineinziehen lassen. Hatte es vermieden, auf mein Suchen in ihrer Kindheit, in der Zeit vor dem Schildkrötenjahr, einzugehen. Dass sie meine Aufmerksamkeit in eine andere Richtung lenken wollte, dachte ich. Ob es ein Strand war und eine Insel, ein ungewöhnlich heißer Sommertag in diesem Land, aus dem wir beide gekommen waren, oder ob es eine andere Erinnerung war, eine die Erwartungen an unsere Beziehung verändernde, uns in dieser Weise belastende Erinnerung, Helene hatte es abgelehnt, in diese Richtung zu denken. Sie hatte meinem wortlosen Drängen nicht nachgegeben.

Ich wollte mir mit der Hand durch die Haare fahren und warf dabei den kalt gewordenen Rest meines Cappuccinos um, und eine kleine, schaumig-braune Lache entstand, die den Stapel meiner Papiere bedrohte. Während der Kandidat noch ausführte, welche Möglichkeiten in der computergestützten Generierung natürlicher Sprachen sich aus seiner theoretischen Vorarbeit ergeben könnten, baute ich mit einem kleinen Stapel Papiertaschentücher, die mir der Assistent hingeschoben hatte, ohne seinen Blick von dem Kandidaten abzuwenden, eine Art Damm.

Schließlich, als alles vorüber war, nahm ich als Erster die Bescheinigung und unterschrieb bei bestanden, ohne auch nur eine Diskussion des Ausschusses abzuwarten. Stand auf, noch bevor die Kollegen zum Zuge gekommen waren, die mir jetzt missmutig hinterherschauten, und der Assistent sagte, ich schicke Ihnen das Protokoll in den nächsten Tagen zu, Sie kennen ja die Formvorschriften der Fakultät. Ich wollte mich verabschieden, konnte mich aber kaum noch artikulieren, so weit war ich in meinen Gedanken abgestürzt, ich lallte innerlich und hatte Angst, Angst davor, für verrückt gehalten zu werden, wenn ich jetzt noch etwas sagte, etwas, das mit Nordsee zu tun hatte, mit Salzwasser, Salz, Tränen, mit einem Campingplatz am Ufer des Eriesees, und ich stürzte beinahe aus dem Raum, hatte nicht einmal die Papiere in meiner Mappe verstaut, sondern alles zusammengeschaufelt und unter den Arm geklemmt.

Ich rannte die Treppen hinauf und lief durch den Flur, hörte Janet, die mir hinterherrief. Warum denn so eilig, junger Mann, rief sie, in einem Ton, den nur sie beherrschte. Ich stolperte über Stufen, überquerte die Terrasse und schloss die Laube auf. Ich war der Erste und Einzige hier, natürlich. Schlug die Bürotür hinter mir zu und ließ mich in den grünen Sessel fallen. Ich versuchte, mich zu konzentrieren, dachte, nimm dich zusammen, reiß dich zusammen. Fuhr mit den Handflächen über das glänzende Leder der Armlehnen und schloss die Augen.

# 8

Ja, ich gebe es zu, ich habe am Sonntag einen Fehler gemacht, sagte Antonin am Telefon. Mea culpa mea culpa mea maxima culpa, sagte die Stimme. Völlig ohne den üblichen Zynismus. Ich versuchte, mir eine Vorstellung von diesem mir unbekannten, weil mit sich selbst unzufriedenen Antonin zu machen. Wie er in seinem Penthouse hoch über Kauffman stand. Bei geöffneten Fenstern in den Wipfeln, umgeben von riesigen weißroten Blüten, zitternden Zweigen. Oder saß. Ledersessel. Antike Teppiche. Wände aus Glas und Holz. Umgeben von einem Einrichtungschaos, das er seinen Klienten niemals erlauben würde. Denn jedes Möbelstück, so Antonin, ist grundsätzlich erstmal eine Zumutung.

Ein Zacken in der Krone der mathematischen Fakultät, das war der Balkon, auf dem er jetzt stand mit einem Telefon, das beinahe vollständig in seiner Handfläche verschwand. Es tut mir Leid, sagte er, und vielleicht war das die erste Entschuldigung, die ich jemals von ihm gehört hatte. Ehrlich gesagt, es muss etwas in mich gefahren sein. Ich weiß nicht, warum ich den Unfall gefilmt habe. Meinst du, dass es jemandem aufgefallen ist? Fragte er, aber er wartete meine Antwort nicht ab, sondern fuhr fort. Die paar Leute, die da standen, hatten Besseres zu tun, als in die vorbeifahrenden Autos hineinzuschauen. Nicht wahr?, fragte er. Ich hatte nichts beizutragen, das ihn hätte beruhigen können. Ich sagte. Ja, vielleicht. Er atmete heftig. Schließlich meinte er. Ich habe alles gelöscht. Und dann, als ich ihn fragte, ob er sich die Aufnahme noch angeschaut habe, spürte ich nichts als eine knisternde Unruhe am anderen Ende der Leitung. Nach ein paar schwebenden, der Wirklichkeit vorenthaltenen Sekunden sagte er, nein, sagte es ernsthaft und bestimmt, aber so leise, dass es kaum zu hören war. Ich hatte ihn nicht ertappt, wie ich im ersten Moment geglaubt hatte, sondern beleidigt. Offenbar. Und enttäuscht, weil ich ihm nicht vertraute. Er stand aus seinem Sessel auf und ging zum Küchenbereich, wo er sich ein Glas gefiltertes Leitungswasser einschenkte. Das hörte ich. Er war also nicht auf dem Balkon gewesen, hatte nicht hinuntergeschaut auf das verlassen und still im Sommerlicht liegende Universitätsgelände. Das sich von dort oben wie eingerahmt präsentierte, eingerahmt vom Rascheln und Flirren des leichten, grünsilbrigen Blattwerks hoch gereckter, ehrwürdiger Eukalyptusbäume. Wahrzeichen dieser Institution.

Dass er mit Larry gesprochen hatte, erzählte er, der gesagt habe, er sei mit seiner Leistung zufrieden. Auf der langen Strecke hätten sie ihn mitgezogen. Das hat mit Teamgeist nichts zu tun. Es sei gut gewesen für die Mannschaftswertung. Und Antonin erzählte, dass Larry es offiziell gemacht habe. Er hat sich zusammengenommen, er hat sich vor sie gestellt und hat gesagt. Dies ist meine letzte Saison. Morgen das letzte Rennen der letzten Saison. Dass ihm diese Ankündigung schwer gefallen ist, hat er gemeint, obwohl eigentlich alle damit gerechnet hatten.

Der Sprint findet morgen um elf statt. Ferry, der Jubiläumsausschuss tagt, dieser verdammte Ausschuss ist jetzt schon im zweiten Jahr und wir wissen immer noch nicht, wie viel Geld wir wirklich zur Verfügung haben werden. Von acht Millionen ist keine Rede mehr, schon lange nicht mehr. Ich kann hier nicht weg, weder heute noch morgen. Es ist zu wichtig. Fahr du nach St. Louis, flieg runter, in einer guten Stunde bist du da, oder besser noch, nimm den Wagen, dann kannst du Larry mit zurückbringen, damit er nicht einen ganzen Tag im Bus auf der Werkzeugkiste sitzen muss. Wenn ihr gleich nach dem Rennen fahrt, dann seid ihr noch am Freitagabend wieder hier, Stunden vor dem Rest der Mannschaft.

Und während ich überlegte, ob ich fahren sollte oder nicht, während in meinem Kopf die Reisevorbereitungen schon anliefen und ich mich fragte, ob ich erst tanken oder erst in der Lisbon Avenue vorbeifahren sollte, was mit Skye war und ob sie mich am Abend erwarten würde, berichtete Antonin weiter, was er von seinem

Sohn erfahren hatte. Helene war in ihr altes Zimmer gezogen, in ihr erstes amerikanisches Zimmer. Die Arztfamilie hatte sie mit offenen Armen aufgenommen. Natürlich. Es hatte den Anschein, meinte Larry, als hätten sie wochenlang nichts anderes zu tun gehabt, als sich auf ihre Ankunft vorzubereiten. Alle haben mitgeholfen, ja. Die ganze Mannschaft. Dabei hat sie nicht viel. Nur die Hitze hat uns zu schaffen gemacht, sagte Larry. Immer hat der Arzt gerufen, Leute, ihr müsst mehr trinken, und hat tablettweise Eiswasser in großen Plastikbechern herangeschleppt und dann hat er selbst mit angepackt, obwohl er einigermaßen gebrechlich ist und es, wie gesagt, nicht einmal für uns alle genug zu tragen gab. Es war ein Gewimmel von Leuten. Und auch die Nachbarn sind schließlich rausgekommen und haben gerufen, Helene, schön, dass du wieder bei uns bist und hoffentlich kommst du mal vorbei zum Essen. Und so weiter. Du musst uns erzählen, riefen sie, wie es da oben war und sind das alles deine Freunde, die kräftigen jungen Leute hier? Ja, rief Helene lachend, das sind alles meine Freunde, ich habe eine Vorliebe für Männer mit dicken Waden und Monsterschenkeln, wisst ihr, und für kräftige Frauen natürlich, und sie lief hierhin und dahin, um die Nachbarn zu begrüßen.

Da steigt sie irgendwo in St. Louis aus ihrem gemieteten Umzugslaster. Eine Entlaufene. Eine, die sich selbst verstoßen hat. Da trägt sie ihre Möbel und ihre Bücherkisten in das Haus eines Fremden. Aber von einem schwierigen Neuanfang, von Heimatlosigkeit kann keine Rede sein. Es ist eine Heimkehr. Egal, wohin sie geht. Die Nachbarn stehen in den Einfahrten und an ihren Haustüren und winken. Rufen ihr zu, komm uns besuchen. Und, wie ist es dir ergangen. Selbst ihr Stiefvater, den sie einmal geliebt haben muss und der jetzt nur noch abstoßend, ekelerregend war, hieß sie willkommen, wenn sie im Winter nach Deutschland kam. Auch das eine Heimkehr, Rückkehr ins Aufgehobensein. Obwohl sie die Mutter an einem Regentag am Rande eines riesigen, so genannten Waldfriedhofs eingegraben haben, kaum dass eine Krankenschwester im St.-Anna-Krankenhaus das Mädchen mit einer kleinen, surrenden Frässcheibe aus dem Gips herausgeschnitten hatte. Sie hatten Helene in einen Rollstuhl setzen müssen. Sie war zu schwach gewesen, um am Grab zu stehen.

Das Gefühl des Aufgehobenseins ohne das verführerisch Anheimelnde. Ohne falsche Erinnerung. Ich dachte an meine kartoffelschälende Großmutter, an den verwirrten, stundenlang am Küchentisch sitzenden und Linsen sortierenden Großvater. Den ehemals schneidigen. Die Uniform. Diese Fotogedanken, Archivgedanken, dachte ich, die die Wirklichkeit und Wahrheit aufsaugen und nichts als falsche Erinnerungen hinterlassen. Aber wenn Helene irgendwo auftaucht, in Düsseldorf oder in St. Louis oder wenn sie in unser Haus tritt und dort von Skye empfangen wird, ist alles Fleisch und Blut. Dann spüre ich ihren Puls. Die Wärme ihres Gesichts. Von Heimatlosigkeit, Erinnerungslosigkeit, von transatlantischer Zerrissenheit kann keine Rede sein. Natürlich, denke ich, es liegt an ihr selbst, weil sie es zulässt, dass sich die Menschen in sie hineinfallen lassen, weil sie diesen Überschuss an Vertrauen besitzt.

Ich fuhr zur Tankstelle und dann in Richtung Lisbon Avenue, vorbei an einer Gruppe nie vorher gesehener Kinder, die gefährlich nah an der Fahrbahn spielten. Ich warf die Mappe auf meinen Schreibtisch und wusch mir den süßen, klebrigen Cappuccinogeruch von den Fingern. Auf Skyes Tisch fand ich einen Post-It-Block, und ich schrieb eine Notiz, die ich an den Bildschirm heftete. Dass ich in St. Louis sei (Noriega) und Fr.abend (spät) mit Larry zurückkomme – F.

An einem Sonntagmorgen, damals, nachdem sie sich zum ersten Mal von der Arztfamilie verabschiedet hatte, ausgezogen war, um ihr eigenes Leben zu versuchen, hatte Helene in einem Doppelbett in St. Louis gesessen und die große Sonntagszeitung auf ihren Knien ausgebreitet. Sie las die Comics und die politischen Kommentare, informierte sich über Wahlkämpfe und Ölpreise, Abtreibungspillen und Währungskurse. Sie hatte eine Tasse Kaffee auf dem Nachttisch stehen, fühlte sich, als wäre sie auf einmal wirklich erwachsen geworden, als wäre das Leben, das sie nun lebte, ihr eigenes, ein von ihr selbst gestaltetes, nicht mehr, endlich nicht mehr das Leben nach den Erwartungen der anderen. Aus der Wohnküche kamen ein paar Geräusche, aber sie dachte nicht darüber nach, was diese zu bedeuten haben könnten. Es gab nichts, dachte sie, das ihr Leben aus dem Lot werfen könnte. In ihrer Welt waren, vielleicht überhaupt zum ersten Mal, keine Risse zu erkennen.

Die Tür zum Schlafzimmer geht auf und der Mann, dessen Namen du nicht genannt hast, wirft seine Sporttasche vor sich hin und sagt mit eigentümlich fester Stimme, es ist jetzt vorbei. Alles ist vorbei mit uns. Ich gehe. Und, nach ein paar Sekunden des schweigenden Abwartens, aber es war schön mit dir. Das sagt er dir mit fester Stimme. Direkt ins Gesicht. Er sammelt noch ein paar Sachen auf, die auf dem Boden verstreut herumliegen, während du auf den Kommentar zum Palästinenserkonflikt starrst, wie versteinert, und die Zeilen vor dir zu springen beginnen. Aber es bricht nichts aus dir heraus, du rührst dich einfach nicht, und er tritt an dein Bett und gibt dir einen Kuss auf die Backe und sagt noch einmal, es war wirklich schön mit dir, ich will, dass du das weißt. Ich werde dich immer in guter Erinnerung behalten. Dann greift er mit einem Schwung des Arms, ohne stehen zu bleiben und beinahe ohne sich herunterzubeugen, die starre Schlaufe der Sporttasche und geht. Schließt vorsichtig die Tür.

Als du später unter die Dusche tratst, erinnertest du dich an die eingetrocknete Spur auf der weichen, glatten, weißen Innenseite deines Schenkels, du spürtest, wie sie vom Wasser aufgeweicht wurde, diese Liebesspur, du erinnertest dich, wie er über dir zusammengestürzt war, er hatte seine Augen geschlossen, und wie er mit einer letzten, großen Zuckung ganz in dir hatte zerfließen wollen. Du hattest es geschafft, dich zu entwinden. Offenbar. Und du fuhrst mit dem zitternden Zeigefinger über diese Spur und legtest den nassen Finger an deinen Mund. Das ist der Geschmack der Liebe in St. Louis, sagte deine eigene, fremde Stimme. So schmeckt die Liebe in St. Louis. Immer wieder diese paar Wörter. Du brachtest es nicht fertig, etwas anderes zu formulieren. Der einzige Gedanke, der in dir zurückgeblieben war. Es war schön mit dir, hatte er mit fester Stimme gesagt, aber jetzt gehe ich, nehme meine Sporttasche und gehe. Hinaus aufs Land, fahre hierhin oder dorthin und nehme mir eine Frau, eine einfache, kräftige, landschöne Frau, mit der werde ich eine Familie gründen. Eine einfache, eine gute Familie. Walnüsse werden aufgesammelt, Kinder gezeugt und bald darauf in die Schule gebracht. Unser Leben ist der Sport. Natürlich. Und tüchtig wollen wir sein. Denk nur, die träge Luft, der weite, leere Horizont und der Heu- und Brandgeruch im Herbst.

Blass war der Horizont, der über dem Getreideland lag, das ich an diesem Nachmittag in Richtung Südwesten durchquerte. Auf den Feldern lastete der Staub. Auf der Straße die klebrige Hitze. Kein Mensch zu sehen auf den Wegen, vor den Häusern, hinter den dunklen Scheiben der Geländewagen. Das Land ruhte aus, hatte sich zurückgezogen in seine innersten Räume.

Die Hitze dringt ein, aber das Licht fällt entschärft in die Winkel, in denen große Stille herrscht. Die Hunde bellen nicht, und die Grillen singen ihr ödes Balzlied nicht, selbst ihnen ist die Hitze unheimlich.

Um vier, fünf Uhr halte ich an einer Tankstelle und stelle mich an der Kasse an. Ein fünfzigjähriger Kassierer sitzt auf einem Barhocker, grüßt und hat Zeit für ein Witzchen oder ein, zwei Sätze über das Wetter, über die Hitze da draußen, in der die schwere, dieselgetränkte Luft flimmert. Der Kassenautomat wirft einen Bon mit rotblauen Streifen aus, und ich unterschreibe. Denke, er muss eine neue Rolle einlegen, und dass er so seine Zeit misst. Vermutlich. Ein pickeliger Junge in einer Raststätte bei La Clede, Illinois, serviert ein lächerliches Essen und fragt mich, woher ich komme. Ich gebe eine kurze, aber freundliche Antwort. In zwei Wochen werde er kündigen, sagt er, und dann fährt er mit dem Bus nach New York. Was er dort vorhabe, frage ich. Er wolle einfach hier raus. Wo er wohnen werde, und ob er jemanden kenne. Ob er schon einmal da gewesen sei. Und ich merke, dass ihm diese Fragen nicht passen. Was er braucht, ist Zustimmung. Aufmunterung, Ermutigung. Sag ihm, dass das eine gute Idee ist. Dass New York ihm gefallen wird. Dass sich unter den acht oder zehn oder fünfzehn Millionen viele hilfsbereite Leute finden. Einen Job werde er sofort finden, natürlich, sage ich, als er mir den Teller hinstellt. Beinahe bedächtig mein Besteck zurechtrückt und guten Appetit wünscht. Er trägt einen Silberring an der linken Augenbraue. Eine leichte Entzündung. Als er wieder an meinem Tisch steht, danke ich für die Nachfrage, sage ja, es schmeckt, und er zieht ein paar Furchen in seine Stirn, blickt rüber zur Chefin. Nicht im Ernst, oder?, fragt er. Nein, nicht im Ernst, sage ich und zwinkere ihm zu. Danke der Nachfrage, nochmals. Du bist ein netter Kerl.

Ich berechne das Trinkgeld und denke, dass diese Masche einiges einbringen könnte. Gegen das Restaurant arbeiten, gegen die Monotonie der Landschaft, gegen die Einheimischen. New York ist teuer, gib mir noch ein paar Dollar. Das Essen ist schlecht, siehst du die Alte dahinten, sie spart an allem, aber ich kann nichts dafür. Die Kretins haben sich gegen dich verschworen. Sie stopfen dich mit billigem, zähem Fleisch und nehmen dir dein Geld ab. Weil sie wissen, dass du nie mehr wiederkommst. Aber ich bin auf deiner Seite. Ich bin ein Gefangener hier. Hol mich raus, nimm mich mit, es gibt nichts, was ich nicht tun würde, um hier rauszukommen, ehrlich, oder wenn du mich nicht willst, wenn du mich nicht mitnehmen willst, dann gib mir wenigstens ein ordentliches Trinkgeld. Sei großzügig. Gib mir dreißig Prozent oder drei Dollar. Mindestens. New York ist teuer.

Ich suche die Landschaft ab nach einem Zeichen, dass es Herbst wird. Dass sich in der Welt etwas verändert. Aber da ist nichts zu erkennen. Hohe, hellgrüne Maisfelder. Schweigende Weizenfelder, über denen geduldig der Staub hängt. Sonst nichts. Warum lassen die Bauern ihre Gerätschaften nicht an den Rändern der Felder stehen, frage ich mich. Warum machen sie keine Anstalten zu ernten. Wo bleibt die Geschäftigkeit des Spätsommers?

Es ist eine aufgeräumte, unmerklich vor sich hin trocknende, vollkommen leere Landschaft. Nutzlandschaft. Sie will nicht beobachtet sein. Still liegt sie da, als läge sie immer so, unbeweglich unter bleichem Himmel. Ängstlich jede Veränderung verbergend. Aber ich weiß ja, dass sie kommen werden. Aufzuladen, abzubrennen, einzumachen. Gigantische, ungenießbare Kürbisse in die Vorgärten zu stellen, wenn es auf das Erntedankfest zugeht. Wenn die Restwärme des Sommers in den Herbsthimmel abstrahlt. Ich sehe ja die Nachrichten, weiß von den Stürmen, den Tornados und den Überflutungen. Ich kenne die Schneemassen, die diese Landschaft begraben werden, ich kenne die Angaben in Zentimetern oder in Zoll. Egal. Vom Nachrichtensprecher verlesen. Und die Tonnen Salz, die dann aufgebracht werden. Da steht die Nachrichten-Crew und filmt und sie zeigen eine halb offene, eisige Lagerhalle, den bedrohlich niedrigen Stand der Streumittelvorräte. Mit so einem harten Winter hat keiner gerechnet, sagt der Angestellte des Landkreises, der davor steht, damit hat keiner rechnen können, und die junge, vermummte Frau, die das Interview geführt hat, wendet sich wieder an den Kollegen im Studio. Sehen Sie, keiner hat mit diesen Schneefällen rechnen können. Mit den schrecklichen Vereisungen.

Ich klemme das Lenkrad zwischen die Knie und öffne eine Lipton-Eistee-Flasche. Denke an das Prüfungsgespräch und an den Assistenten. Dass er seinen Weg machen wird. Was, wenn ich ihm den Kaffee über die Hose geschüttet hätte. Er wäre ruhig geblieben. Hätte gesagt. Machen Sie sich keine Sorgen, ist nicht so schlimm. Entschuldigen Sie mich einen Augenblick, hätte er gesagt. Ganz ruhig. Während der Kandidat geschwitzt hätte, überlegt hätte, wie sich das Malheur auf die Prüfung auswirken könnte, ob es ein Anfechtungsgrund sein könnte, immerhin, der Protokollführer, er kann nicht einfach verschwinden. Was der Obmann dazu sagen würde. Dabei habe ich mich bisher einigermaßen geschlagen, denkt der Kandidat. Und fragt sich. Wie spät ist es? Wie wird es weitergehen, wer stellt die nächste Frage? Phonologie, wer weiß. Oder Programmieren. Formanten, Frequenzen, automatische Spracherkennung. Nervöse Blase. Damit war zu rechnen gewesen. Ist es kalt hier?

Erst als es dunkel wird, denke ich, dass es keinen Sinn hat, in St. Louis zu übernachten. Ich habe am Morgen genug Zeit, in die Stadt zu kommen. Warum mache ich mir erst jetzt darüber Gedanken. Schon seit Stunden stiere ich vor mich hin. Ich fahre von der Autobahn ab und parke am erstbesten Motel. Nehme meine Tasche vom Rücksitz. Werde hineingesogen in den eiskalten

Empfangsraum. Die Frau an der Rezeption lächelt und das bedeutet, sie hat noch ein Zimmer. Nein, sage ich, ich habe keine Mitgliedskarte des Automobilklubs. Es ist beinahe ein Geständnis. Eine Frau bückt sich über die Kaffeemaschine in der Lobby und füllt das Kaffeepulver ein, für das Frühstück, denke ich. Sie trägt Jeans und ein Holzfällerhemd. Ich ziehe ein Sweatshirt aus meiner Tasche. Die Klimaanlage läuft auf Hochtouren. Es wird Muffins geben und die glasierten Teilchen und eben diesen Kaffee. Er wird nach Styropor schmecken. Das rot-weiße Rührstäbchen wird aufweichen und ein kurzes Schaudern wird durch meine trockenen Zähne und durch meinen Kopf ziehen, den Nacken nach unten hin durchlaufen, wegen dieser Materialien.

Die Frau dreht sich um und sieht mich an. Fragend. Es sieht alles noch sehr neu aus, bemerke ich. Wir haben vor zwei Wochen aufgemacht, der Parkplatz, das haben Sie ja gesehen, ist noch nicht befestigt. Aber das macht nichts. Es hat seit Wochen nicht geregnet. Es wird vielleicht nie mehr regnen. Ich unterschreibe frierend und nehme den Schlüssel. Woher ich komme, fragt die Frau an der Kaffeemaschine. Sie heißt Jen. Dann verschwindet die andere im Büro hinter der Rezeption, lehnt die Tür an und Jen sagt, das ist meine Schwester. Sie passt auf mich auf. Aber es gelingt ihr nicht immer. Ich zeige ihr meinen Schlüssel, zeige auf die Nummer und frage, soll ich fahren oder gehen. Fahren, sagt sie, das Zimmer liegt auf der Rückseite des Gebäudes, und sie lässt sich nicht aus der Ruhe bringen, dann haben

Sie das Auto direkt vor der Tür stehen und können morgen sofort loslegen. Bezahlt haben Sie ja schon. Dass ich dann ihr wundervolles Frühstück wohl verpassen müsste, meine ich, und sie lächelt und wirft einen kurzen, nicht wirklich bescheidenen Blick auf den nagelneuen Teppichboden. Ich meine das Drehbuch zu kennen, von dem sie ihren Part abliest. Es riecht nach Teppichkleber.

Ich werfe die Tasche auf den Beifahrersitz. Fahre über den Parkplatz zu einem Fast-Food-Restaurant. Eine körperlose Stimme nimmt meine Bestellung entgegen. Eine einzelne, gemästete Hand reicht mir eine Tüte in den Wagen. Ich fahre über den staubigen Parkplatz zu meinem Zimmer, schließe auf, denke, es riecht nach Kleber, werfe die Tüte auf das vordere Bett und schalte den Fernseher ein. Mir ist schlecht vor Einsamkeit. Und diese Kälte. Im Pay-TV läuft ein Heiratsfilm mit Drew Barrymore und ein Porno. Und dass der Filmtitel nicht auf der Rechnung erscheint, steht da. Riz Khan beantwortet die Frage eines Mannes aus den Vereinigten Arabischen Emiraten. Wegen der amerikanischen Vergeltungsschläge. Und während ich nach dem Thermostat suche, meint der Experte, dass die Solidarität der arabischen Länder auf lange Sicht gewährleistet sei. Ich lege mich nackt ins Bett, zwänge mich unter die eng gespannten, harten Lacken. Die Hand ist eiskalt. Ich schaue an die Decke, auf den Rauputz dort, und denke, dass mich heute niemand trösten kann. Alleinsein ist die einzige Möglichkeit. Eine trockene, kalte, amerikanische Geilheit ist in mir, die entsorgt werden muss. Sofort. Es ist nichts Romantisches mehr, nichts Filmisches mehr an diesen Motels. Pappwände, kalte Pappwände und die Filme, die das Stammhirn zusammenziehen, die diesen Tumor aus billigen Bildern im Kopf hinterlassen. Wenn es dann vorbei ist.

Weltstädte und Temperaturangaben fallen über den Bildschirm, in Kairo ist es sonnig, was sonst. Und in Gilroy, California, soll es ein Knoblauchfest geben. Eine große Sache. Es klopft vorsichtig, zwei-, dreimal an der Tür. Oder bilde ich mir das ein? Ich rühre mich nicht, gehe nicht zur Tür. Geh weg, Jen. Hoffe ich. Alle Körperwärme ist aus mir entwichen. Ich schweige und horche und rühre mich nicht. Nehme die Fernbedienung und drücke auf das kleine, nach unten gerichtete Dreieck. Dass ich noch gerade die sich entfernenden Schritte höre. Draußen auf dem beinahe leeren Parkplatz. Ich liege nackt und schaudernd in meinem eigenen erkalteten Erguss, bis ich meine Blase spüre und denke, noch ein letztes Nachrichtensegment. Über die Landwirtschaftsausstellung. Dann stehe ich auf. Esse etwas. Es ist gut, dass ich gefahren bin, denke ich jetzt. Larry wird sich freuen, wenn er mich sieht.

Der Berufsverkehr nahm mich auf, ich reihte mich ein in einen grün-blauen, mattglänzenden Strang aus leise dahingleitenden Wagen. Wie ein Canyon schnitt der Verkehr in die langsam erwachende Ebene hinein. Ein Surren, das Flüstern des Windes in der welligen Haut meines Autos, mehr war nicht zu hören. Das Licht dieses Tages füllte noch nicht jeden Winkel, und den Schattenparallelogrammen hinter den Werbetafeln fehlte noch die Schärfe. Die Berufstätigen hatten die stille Wärme ihrer Schlafzimmer, den Dunst der im Halbdunkel liegenden Küchen mit in ihre Autos hineingenommen. Der süße Morgengeruch ihrer hinter halboffenen Türen schlafenden Kinder verfolgte sie. Sie tranken andächtig aus ihren Kaffeebechern und blickten durch ihre Seitenfenster in die Vorstädte und auf die unendlichen Stellplätze der Autohändler. Auf den Beifahrersitzen der Berufstätigen lagen Freitagsausgaben der St. Louis Post Dispatch oder der New York Times. Ich sah in die Autos hinein und erkannte die prallen, blauen Plastikhüllen, in denen die Zeitungen morgens in unseren Vorgärten lagen. Wo sie erst einmal ein, zwei Stunden blieben, bis wir aufstanden. Dalagen in ruhiger Beschaulichkeit, auf unseren Treppen, in Blumenbeeten, unter Sträuchern. Damit sich die Welt erst etwas beruhige.

Die Menschen saßen in ihren allradgetriebenen Kombis und hörten Nachrichten aus fernen Ländern und dann die Wetteraussichten für den Großraum St. Louis. Keine neuen Hitzrekorde werden erwartet, sagte der Sprecher mit sanfter, freundlicher Stimme. Immerhin. Ein Tag wie jeder andere. Also heiß. Sehr heiß. Man muss vorsichtig sein. Sie kennen das. Bleiben Sie am besten im Büro, sagte der Sprecher, unterhalten Sie sich mit den Kollegen, statt um halb eins zum Essen hinauszustürmen. Da draußen erwartet Sie nichts. Da draußen ist nichts als diese unerträgliche, monströse Hitze. Andererseits: Die Broad Street zwischen siebzehnter und vierundzwanzigster Straße ist abgesperrt, wegen eines Radrennens. Dreihundert Meter Sprint, das kürzeste Radrennen der Welt. Steht hier. Dass es so etwas gibt. Die Veranstaltung beginnt um elf und geht bis in den frühen Nachmittag. Ein Ausscheidungsrennen ist das. Oder dachten Sie, dass diese Sportler drei Stunden für dreihundert Meter brauchen? Gegen zwei das Finale. Folgen Sie den Umleitungsschildern, zur Rushhour ist alles wieder frei.

Und jetzt die weiteren Termine für das Wochenende. Oder lassen wir das. Bleiben Sie einfach zu Hause bei Ihrer Familie. Grillen Sie mal wieder, Holzkohle ist im Angebot. Oder gehen Sie von mir aus ins Kino. Kriegsfilm oder Heiratskomödie. Sie, Ihre Söhne und Töchter, haben die Wahl. Gut. Gehen Sie. Gehen Sie ins Kino. Geben Sie Geld aus. Kaufen Sie, unterstützen Sie das Konzessionsgeschäft. Die Wirtschaft allgemein. Unser Boom ist ein konsumgetriebener Boom. Tun Sie etwas Gutes. Lassen Sie sich von Ihren Kindern das Geld aus der Tasche ziehen. Geben Sie dem Jammern und Betteln und Zetern nach. Lassen Sie sich am Handgelenk entlang zerren, zum nächsten Stand, zum nächsten Geschäft. Fallen Sie in den Schritt Ihres Kindes ein. Es ist zickig heute. Sagte der Sprecher. Und Sie leben nur einmal, sagte der Sprecher. Vielleicht nicht mehr so lange. Schauen Sie, wo Sie hinfahren.

Der Mann im Auto neben Ihnen, sagte der Sprecher, fährt gleich ab. Von der Autobahn. Sehen Sie nicht? Der Mann muss zu diesem Radrennen. Mit geliehenem Vaterstolz wird er da stehen, wenn die jungen Leute auf glänzenden, federleichten Road Bikes durchs Ziel schießen. Enorm. Sagte der Sprecher im Radio. Ein wichtiger Tag für diesen Mann, tatsächlich. Ich schlage vor, Sie lassen ihn durch. Sagte er und meinte mich, und ich fädelte mich in die rechte Spur ein, wurde von einem Ford Explorer durchgelassen, fuhr an der Abfahrt 3B hinaus und hielt mich weiter rechts, Richtung Downtown, während im Radio Karten für ein Baseballspiel verlost wurden.

Ich hielt im Parkverbot vor einem Bagelgeschäft. Es war noch früh. Es hatte keinen Stau gegeben, alle Spuren waren gleichmäßig dahingeflossen, ergossen sich in die Stadt unter dem riesigen, stählernen Torbogen. Hier beginnt die andere Welt. Sagen sie immer. So steht es in den Reisekatalogen. Unter diesem Tor beginnt die Freiheit von der Geschichte. Das Land der Selbstverwirklichung. Der Hoffnungen. Der Illusionen. Jeder Schritt ein Neuanfang. Jeder Wunsch eine flüchtige Wirklichkeit.

Es waren die gleichen Bagels, von den gleichen kichernden Schülerinnen belegt wie damals, als in Oklahoma City die Bombe hochgegangen war. Ich hatte in Ann Arbor in einem exakt gleichen Geschäft derselben Kette gelehnt, hatte dagestanden und gewartet, bis das Mädchen den Lachsaufstrich auf das Sesambagel geschmiert, zwei Tomatenscheiben und ein Salatblatt daraufgelegt hatte, und während ich wartete, während das Mädchen das Papier um mein Sandwich schlug und es mit einem mutigen Schnitt beinahe, aber nicht vollständig, in zwei Hälften teilte, dann aufbog und aufgebogen in das Papierschälchen legte, damit der Kassierer sehen konnte, welchen Bagelbelag er abzurechnen hatte, warf ich den Blick auf die Zeitung. Da war dieser blutige Schock, aus Bildern wiederhergestellt in jedem einzelnen. Eltern standen mit zerfetzten Bündeln vor den Trümmern. Menschen mit aufgerissenen Augen. Zerrissenen Kleidern. Wie ein Krieg. Ein Krieg im Herzen unseres Landes. An der sichersten, flachsten, festesten, unerschütterlichsten Stelle der Welt, dort, gerade dort war etwas Unvorhergesehenes passiert. Wo jedes Jahr mächtige Tornados in die Felder fuhren, wo die Leute vor den Häusern stehend diese Tornados verfolgten, mit den Fingern in den Himmel zeigten, ihren Kindern in aller Ruhe das Naturschauspiel erklärten, dort war etwas eingeschlagen, womit wir nicht gerechnet hatten. Der Schaden ist irreparabel, hieß es. Eine Wunde klafft im Inneren. Das Vertrauen ist zerstört, auf immer. Das alte Amerika gibt es nicht mehr.

Hier, heute, sieht es anders aus, dachte ich. Ich stehe in einer Schlange gutmütiger, selbstzufriedener Bürger. Die Welt scheint wiederhergestellt. Die Endgültigkeit jener Schlagzeilen nur noch eine Erinnerung. Menschen auf dem Weg in die Büros. Bevor sie sich durch die Messingdrehtüren in die Marmortürme, in die verspiegelten Aufzugkammern schieben, lassen sie sich ihre Bagels einpacken, schauen auf die Zeitung oder betrachten ihre Schuhe. Sie sind freundlich an diesem Morgen vor dem Wochenende. Und um zehn Uhr wird die Börse freundlich eröffnen und die Menschen sitzen an ihren Schreibtischen, betrachten die Ticker und rechnen sich die Zuwächse in ihren Rentenversicherungsdepots aus. Und sagen, mit dem Gewinn von heute kann ich wieder ein paar Wochen länger auskommen. Oder sie legen es um auf die Monatsrente, errechnen den Zins, rechnen sich vor, was sie ihren Kindern vererben können. Sie tun das täglich, im Kopf, sie sind Meister des Überschlags. Sie wissen, am Montag kann der Gewinn verpuffen, aber auf lange Sicht, auf lange Sicht, das sagen die Finanzberater, das legen sie dir nahe, das flüstern sie dir ein, auf lange Sicht kannst du nur gewinnen. Du und deine Familie. Du sitzt an einem nagelneuen Schreibtisch in einem mittelgroßen Büroraum und du weißt. Du bist reich. Eigentlich. Du tippst in deinen Computer von neun Uhr fünfzehn bis ungefähr fünfzehn Uhr dreißig, und du weißt. Du wirst immer reicher. Deine Kinder fahren Pizza aus und sie wissen. Sie sind reich. Du lebst in einem reichen Land. Alle, die du siehst, alle deine Freunde, wenn du welche hast, die Nachbarn und die Kollegen, sind ebenso reich. Sie fahren Autos, die nicht älter als zwei Jahre sind und die Benzinpreise sind hier kein Thema. In Detroit und Chicago, in den Arbeiterstädten, da schon, ja, wo die Streikposten stehen, die immer seltener werdenden

Streikposten, und im Winter ihre Hände an Tonnenfeuern wärmen, aber hier, in den Bürotürmen und in den gepflegten Vorstädten, in denen du zu Hause bist, sind die Benzinpreise kein Thema.

Ein Propangasgrill für siebenhundert Dollar, warum nicht. Leiste es dir. Du gehörst zur Mittelklasse, das heißt, du bist reich. Du kannst es gleich mitnehmen, die Kiste passt in deinen Geländewagen, ein neues Modell, und natürlich wird dir ein lächelnder Junge oder ein lächelndes Mädchen mit grüner Schürze und einem freundlichen Namensschild beim Aufladen helfen. Sie ist die Tochter deines Nachbarn. Sie ist freundlich, sportlich, arbeitet für sieben Dollar die Stunde und sie ist reich.

Kein Strafzettel an meiner Windschutzscheibe. Die Sonne begann, in die Schluchten von Downtown hineinzublicken. Sie leckte schon hier und da an den unteren Etagen. Die Menschen sahen nicht auf. Als ich um eine Ecke bog, schlugen mir die Strahlen in die Augen, so dass ich nach meiner Sonnenbrille kramte. Die Kälte des Vorabends, die Kälte noch dieses frühen Morgens, als ich aus dem Motelzimmer herausgekommen und in mein Auto gestiegen war, diese durchdringende Kälte hatte sich in ihr Gegenteil verkehrt. Mein Körper war durch und durch erwacht. Warm und freundlich, hellrot pulsierte es in mir. Als ich die Hand gegen die blendende Sonne hielt, leuchtete das Blut durch die dünne Haut zwischen den Fingeransätzen. Das bist du, dachte ich, was da fließt, das bist du selbst.

Vorsichtig, leise rollte ich an die Absperrung heran. Als könnte ich jemanden aufwecken. Man hätte mich für schüchtern halten können. Ich lächelte und grüßte die ältliche Polizistin, sobald sie mich bemerkte. Nahm als vertrauensfördernde Maßnahme meine Sonnenbrille ab. Sie kam auf mich zu. Ich gehöre zum Team Free-X, rief ich, sie wärmen sich auf, ja, sagte ich, ich gehöre dazu. Dass ich keinen Parkausweis hatte, erklärte ich mit meiner verspäteten Anreise. Von weit her. Ich hatte keine Zeit, mich darum zu kümmern. Ehrlich. Ob es nicht doch möglich wäre, und als ich das sagte und den mütterlich-fürsorglichen Glanz in den Augen der Polizistin sah, wusste ich, dass ich gesiegt hatte. Sie wünschte viel Erfolg, und steh nicht zu lange in der Sonne, mein Sohn, rief sie noch, tippte an ihren Hut und schob die Sperre zur Seite, gerade so, dass der Wagen durchpasste. Noch einmal winkte sie. Ich fuhr langsam in den Rennbereich hinein, suchte nach den gelben Mannschaftswagen. Eine Menge Leute waren unterwegs, Familien; Rennfahrer fuhren auf und ab, besahen sich die kurze Strecke. Da war Lonnajean, die nachdenklich die Strecke entlang glitt, auf die Pedale und auf ihre Bindung schaute, abwartete und rollte, dann schaltete. Sie lehnte mit dem linken, ausgestreckten Arm auf der Lenkstange und richtete mit der rechten Hand die Sonnenbrille, sah auf. Sie erkannte mich oder den Wagen, winkte mir zu. Rief hallo, und ich hielt an und lehnte mich aus dem Fenster und sagte, wo steckt ihr denn. Sie zeigte auf die rechte Seite, ganz hinten durch, da ist auch noch Platz, ein Parkplatz neben dem Eisladen, da haben wir aufgebaut. War nicht meine Idee, rief sie, das mit dem Eisladen, und lachte.

Wie ein Schiff bahnte ich mir den Weg durch das Gedränge, im Schritttempo. Vor mir teilte sich die Menge. Die pockennarbige Motorhaube blendete und ein kleiner Junge auf den Schultern seines Vaters zeigte und rief, guck mal Vati, was ist denn mit dem Auto passiert. Ich glaube, es ist krank. Lonnajean glitt auf der anderen Seite der Absperrung an mir vorbei, haifischartig, war ganz auf sich selbst konzentriert. Vor mir tauchte ein Schild in Form einer Eistüte auf, braun, weiß und pink, dann sah ich gelbe Wagen und die Trikots. Mark, der größte unter ihnen, schlug kraftvoll zum Gruß auf das Autodach, sagte hallo und pass auf, ich mache dir den Platz da vorne frei.

Unter einem Vorsprung neben dem Eisladen saß Larry und wurde massiert. Ich klopfte ihm auf die Schulter, sagte, lass dich nicht stören, aber er sprang auf, was den eher bleichen, nicht einmal muskulösen Masseur verärgerte, und Larry umarmte mich, strahlte und rief, seht mal, wer hier ist. Und vollführte einen kleinen Tanz um mich herum. Ich sagte, meinst du, ich lasse mir so ein Rennen entgehen, das hat mit dir gar nichts zu tun. Und. Antonin hat eine Sitzung, das weißt du ja, sonst wäre er bestimmt mitgekommen. Du bist mit dem Wagen da, sagte Larry erstaunt, und ich schlug vor, nach dem Rennen sofort loszufahren.

Ob sie kommt, weiß ich nicht, sagte er, ohne dass ich

gefragt hätte. Dass ich mit seinem Vater gesprochen hätte, erzählte ich und dass ich von dem Umzug gehört hätte. Ich glaube, sie ist da erst mal gut aufgehoben. Larry setzte sich.

Ich grüßte die Mechanikerin und die anderen. Der Trainer kam vorbei und fragte, ob ich das Rad halten wolle. Er müsse dann kurz rüberlaufen und das melden. Sonst würde jemand zugeteilt. Ich meinte, einen Vorwurf oder eine Bequemlichkeit herauszuhören und sagte, ich mach das schon, lief an die Bahn und kletterte über die Absperrung. Wieder sah ich Lonnajean, die in Gedanken versunken schien, nur hier und da kurz und kräftig antrat, nach einem nicht erkennbaren System. Ich lief hinüber zum Veranstaltertisch, während durch das Lautsprechersystem die ersten Tombolanummern bekannt gegeben wurden. Und die Sponsoren des Rennens. Sagte, dass ich für Nechodoma von Free-X das Rad halten werde und, ja, dass mir die Regeln bekannt seien. Ich schrieb meinen Namen in eine Liste und bekam einen Anstecker, auf dem Wendy's Bike Racing International stand.

Wie das Rennen verlief? Weißt du, der Fahrer steht über der Stange, du stellst dich über das Hinterrad, aufpassen, dass du den Umschalter nicht berührst, und hältst das Rad am Sattel und der Fahrer steigt auf, tritt in die Pedalbindungen, während du fest hältst. Dann, wenn der Schuss kommt, lässt du einfach los. Sie fahren mit einer hohen Übersetzung los, ja, das hat mich gewundert. Du hast Angst, dass sich dein Schützling irgendwelche Muskeln zerreißt beim Antritt. Nein, anschieben, das tut niemand. Da wird nicht gemogelt.

Acht oder zehn starten in einer Reihe, sofort bildet sich eine instabile Spitzengruppe aus drei, vier Fahrern heraus, und dann rasen sie die breite Bahn entlang, werden angefeuert, aber die einzelnen Stimmen ihrer Freunde, ihrer Frauen, Männer und Kinder, ihrer Nachbarn hören sie nicht. Nach zweihundert Metern erreichen sie die Höchstgeschwindigkeit, dann blicken die Vorderen, wenn sie Mut haben, über ihre Schultern und planen im Bruchteil einer Sekunde die Strategie für diese letzten, alles entscheidenden hundert Meter, dann greifen sie aus dem Windschatten heraus noch mal an, sie brechen aus, schütteln ab, und am Ziel ist eine halbe Radlänge schon viel. Larry, in Gruppe sieben, fährt als Dritter ein, das heißt er kommt in die nächste Runde, aber er spart seine Kräfte, tut nur das Nötigste. Das ist klug. Da rollt er langsam aus, zufrieden aber ohne Euphorie, die Bahn ist hinter dem Ziel länger als davor, und schaut nicht auf, bis er die Stimme hört. Da kommt sie auf ihn zugelaufen, ruft seinen Namen, und er denkt, ich hatte es gehofft, natürlich hatte ich es gehofft, er legt seinen Arm um ihre Schulter, ohne abzusteigen und sagt, schön, dass du gekommen bist. Und Helene strahlt, schaut zu ihm hinauf, sie trägt ein Sommerkleid, natürlich, denkt er, trägt sie dieses Sommerkleid, und sie sagt, es ist furchtbar heiß, wie erträgst du das in dem Trikot und wie geht es dir eigentlich. Ferry ist da, er ist mein Starter, und während Larry sich zu ihr hinunterbeugt und ihr einen Kuss gibt, flüstert sie, ja, ich habe dich eben beim Mannschaftswagen gesucht und da stand ja sein Wagen. Dann starrt sie stumm auf den Boden, als Larry vorsichtig absteigt. Siehst du, es ist so, sagt sie, unsicher, zögernd und dann. Nein, fahr du dein Rennen, es ist ein schöner Tag. Was macht deine Lunge?

Helene bleibt auf der Zielseite, ruft ihm nach. Komm ganz schnell wieder zu mir, ich warte hier. Larry geht langsam außen an der Absperrung zurück, schiebt sein Rad, versucht sich zu konzentrieren. Jemand klopft ihm auf die Schulter. Der Trainer sieht ihn und drückt ihm eine Flasche in die Hand, sagt, so ist es gut. Fahr jetzt auf die Nummer zwei. Sie sollen dich ernst nehmen. Mach ihnen ein bisschen Angst. Die Leute vom Saturn-Team fahren in der nächsten Gruppe mit. Brauchst du das Atemmittel?

Aber Larry ist in ausgezeichneter Verfassung. Der Mechanikerin, die am Mannschaftswagen unter einem Sonnenschirm sitzt und eine Zigarette nach der anderen raucht, lässt er ausrichten, dass die Justierung perfekt ist. Wirklich, danke, sie braucht sich nur bei Bruch bereitzuhalten, die alten, schon ausgedehnten Kabel einzuziehen, das war eine hervorragende Idee, du weißt, wenn das Durchschalten nicht klappt, die ersten Gänge, dann ist es vorbei. Und er geht weiter, zurück zum Start. Wo ich stehe und ihn mit meinem Blick verfolge, versuche, in seiner Haltung die Verfassung abzulesen. Und denke, es wird gehen.

Larry. Er hat alles, was Antonin fehlt. Vor allem die Selbstbeherrschung. Den klaren Blick, der seinem Vater abhanden gekommen ist, die Ehrlichkeit mit sich selbst. Larry, der asthmatische Larry, ist ein geborener Athlet. Er kann seinen Kopf abstellen, auf Kommando nicht mehr denken. Und er macht seinem Vater im Sport vor, was dieser in seinem Leben nicht wahrhaben will. Dass es nicht reicht, immer nur das Schicksal abzuwehren. Larry setzt sich durch, auf eine sehr einfache, direkte Art. Er will etwas erreichen, er hat es vor Augen. Und er kann gewinnen. Natürlich nicht immer. Vielleicht nicht mehr. Aber er hat einmal gewinnen können. Das ist schon etwas. Das Wissen darum gibt Larry eine stille Größe, die Antonin auch mit seinem lärmenden puertoricanischen Zirkus an der Ziellinie nicht übertönen kann. Und darum geht es Antonin. Wenn er die Fähnchen schwenkt, wenn er singt und jubelt, wird aus der Leistung ein Spiel, nicht einmal ein Spaß. Aus dem Elementaren, Eindeutigen dieses Sports wird eine unübersichtliche Kulturveranstaltung, ein folkloristisches Spiel mit Regeln, die man auch anders hätte setzen können.

Larry nahm Aufstellung, stützte sich auf meine Schulter und überprüfte die Bindung. Er erzählte mir, dass sie da stand. Helene, in diesem Sommerkleid, weißt du, steht sie da, hat mich empfangen, ohne den ganzen Lärm. Ich soll schnell zu ihr zurückkommen. Larry lachte. Und ich dachte, das wird jetzt wohl die letzte

Gelegenheit sein, mir ein Bild von ihr zu machen, mir ihre Person noch einmal einzuprägen. Ich hatte sie im Kopf als diejenige, die mir in meinem Büro gegenüber gesessen hatte, in einer schwarz-grauen Kombination, die sich an meine Bücherwand gelehnt hatte wie in einem Fernsehinterview, und ich hatte sie von oben bis unten gemustert, während sie sprach, hatte mir ihren Körper vorgestellt, ihren nackten Rücken, nach der Ursache ihrer auffällig steifen Haltung gesucht. Eine Unbeholfenheit hatte in ihrem Auftreten gelegen, eine ruhige, keine nervöse Unbeholfenheit. Und dann der Tag, als sie die Treppe herunterkam in dem gelben Kleid und so vorsichtig einen Schritt vor den anderen tat. Und einfach neben mir saß, auf das Wasser starrte und erzählte. Da hatte ich noch einmal ihre Wärme gespürt, es war eine entfernte Wärme, ein fernes, nur gelegentlich aufflackerndes Signal, dem man nachspüren musste. Man musste schon darauf gefasst sein, zumindest die Hoffnung haben und die Möglichkeit erkennen. Und jetzt stand sie da hinten in einer Straßenschlucht, lehnte an einer Absperrung und sah hinauf, immer noch überrascht über dieses Klima, die unerbittliche Sonne. Selbst wenn es dunstig war, wenn das Sonnenlicht vom Staub der Stadt gefiltert wurde, war sie noch unerbittlich. Immer dieses Wort, unerbittlich, es war das entscheidende Wort, ohne das kein Verständnis aufzubringen war für das Leben unter dieser Sonne. Mit Wetter hatte das nichts zu tun, die Hitze, die über diesem Land lag und in diese Stadt drang, die aus dem Asphalt heraufkochte, das war kein Wetter, keine Wetterbedingung, sondern eine Lebensbedingung, entscheidend in der Unerbittlichkeit, mit der sie uns umgab.

Und da wird sie stehen, dachte ich, und hören, wie Larrys Startnummer durch die Lautsprecher ausgerufen wird, und ich sah die Anspannung in seinem Körper, sein Geist nur noch auf diesen einen Punkt konzentriert, auf den Schuss und den Antritt, alles andere war jetzt nur noch Voraussetzung, dass das Rad funktionierte, dass ich im richtigen Moment losließ, dass neben uns sieben oder acht andere Fahrer Aufstellung genommen hatten, das war der Rahmen für die Leistung, und worauf er sich jetzt konzentrierte, war, was in den entscheidenden Sekunden zu geschehen hatte.

Helene sah von weitem die gelben Trikots, zwei Free-X-Fahrer waren in dieser Aufstellung, zweite Runde, mehr konnte sie nicht erkennen, aber Larry kam herausgeschossen, das war er, beinahe sah es aus wie ein Fehlstart. Er führte das Feld an und darin lag die Gefahr, wegen des Windschattens, er verschenkte seine Kraft an einen Verfolger, einen Verfolger, den er hinter sich spürte, der an seinem Hinterrad hing, und jetzt hatte er auf halber Strecke einen Bruchteil einer Sekunde lang Zeit sich zu entscheiden, ob er sich überholen lassen sollte auf den letzten Metern, oder ob er einen Ausbruch versuchen soll. Und weil er nicht wusste, wie viele es waren, die vorne mitfuhren, weil er unter den drei Ersten ankommen musste, riss er sein Rad auf die andere Seite der Bahn. Das war gefährlich und kostete einen Meter. Aber Larry hatte richtig kalkuliert. Dem Verfolger fehlte der Schwung, wieder in den Windschatten hineinzufahren. Larry hatte seinen Gegner zum Endspurt gezwungen. Zum offenen Kräftemessen. Sie bildeten eine Doppelspitze, der Verfolger holte noch auf, aber Larry fuhr als Erster ein. Schon wurde sein Name ausgerufen wie bei einem Pferderennen, und er dachte, das wäre nicht nötig gewesen, Kraftverschwendung, der dritte Platz hätte gereicht, um weiterzukommen, und ich hätte es ja wissen müssen, dass bei dem Tempo sonst keiner mithält und bei dem guten Start. Helene lachte und sagte, siehst du, du kommst so schnell zu mir, du kannst dich gar nicht zügeln. Ja, sagte er und halt mich fest. Komm, wir haben ein bisschen Zeit bis zur nächsten Runde, lass uns zu den Wagen rübergehen.

Und da stand ich. Und sie grüßte alle, Lonnajean kam gelaufen und umarmte sie, es war wie ein Wiedersehen nach einer sehr langen Zeit, als sei eine Verlorengeglaubte heimgekehrt. Und während Larry massiert wurde, kam sie zu mir, und wir lehnten uns eine Weile aneinander, dachten, dass wir uns diese Berührung leisten könnten vor dem, was noch anstand. Und als ich dann wieder fragte, was hat er dir denn getan, warum bist du so überstürzt abgereist, da sprudelte es aus ihr heraus, da überschlug sie sich, wie Antonin mit ihr durch das Haus gegangen war, und es ist ja schon beinahe fertig, sagte sie, und wirklich, es ist das ideale Haus. Der Schutz, den es bietet. Und Antonin habe gesagt, pass auf, die beiden werden hier nie einziehen. Ferry und Skye, nein, hat er gesagt, ich weiß es schon länger. Dass ihr diesen Schritt nicht tun werdet. Weil es so unwiderruflich ist, so unumstößlich. Und dann hat er es mir angetragen. Hier, das ist unser Haus, hat er gesagt, dein Haus, wenn du willst, schau dich um, es ist alles für uns eingerichtet. Alles nach uns vermessen. Ich habe die Schritte gezählt, die du brauchst, um von hier auf die Terrasse zu kommen, und ich habe dafür gesorgt, dass es eine gerade Zahl ist. Mein Aberglaube. Und das Licht, hier, siehst du, es ist für dich eingestellt, damit deine helle Haut leuchtet, wenn du hier entlanggehst, wenn du ins Haus kommst und deine Schuhe ausgezogen hast, und du schreitest hier herauf, lautlos, über diese Treppe aus schwerem, dunklem Holz, dann leuchtest du auf.

Helene hatte ihm gesagt, dass sie schwanger war. Hatte ihn ganz bewusst schockiert mit dieser Nachricht. Sie wollte ihn aus dem Gleichgewicht bringen, aus dieser unverschämten Selbstgewissheit. Ihm in den Karren fahren. Und sie sagte. Keine bewusste Entscheidung, nein, aber dass sie mit diesem Umstand zu leben gedenke. Und er ja wohl nicht. Und Antonin fragte nicht einmal, ob das Kind von ihm sei, sondern bestätigte nur, was Helene schon gewusst hatte. Dass das natürlich nicht zu dem Lebensentwurf gehöre, den er ihr gerade habe schmackhaft machen wollen. Aber da gebe es ja Möglichkeiten. Dann sei sie in Gedanken noch einmal durch das Haus gegangen und habe festgestellt, dass es trotz seiner Größe natürlich ein Haus für zwei Menschen sei, für zwei unabhängige, berufstätige, nebeneinander her lebende Menschen, wie ihr sie seid, das ist eine Familie, ja, das kann auch eine Familie sein, und ich hatte tatsächlich gedacht, ihr beide macht das, ihr seid im Stande zu so etwas. Antonin will nichts anderes, sagte sie. Antonin will nicht mich, habe sie dann einen Augenblick lang gedacht, er will Skye. Er will das Leben, das du führst, oder einmal zu führen gehofft hast, neben Skye. Dass er das Haus mir und meiner Beschaffenheit, wie er sich ausgedrückt hat, angepasst hat, ist nur eine Ausflucht. Es ist eine Designeroberflächlichkeit, habe sie zu ihm gesagt und über den Ausdruck Beschaffenheit habe sie gelacht. Ihn tatsächlich ausgelacht, so dass er da gestanden habe, in seinem Loft vor seinem 21-Zoll-Monitor und zum ersten Mal beinahe verwundbar ausgesehen habe.

Was mir durch den Kopf ging, als wir da standen, an das Auto gelehnt in der Hitze von Downtown St. Louis, während um uns herum Räder justiert wurden und die kurz geschorene Mechanikerin mit der Zigarette im Mund ein Fahrrad in eine Vorrichtung einspannte, während Lonnajean mit tödlichem Ernst eine Flasche Elektrolysedrink anschaute, aus der sie gerade getrunken hatte, und dann mit ebenso tödlichem Ernst die Flüssigkeitseinnahme auf einer in ein Schreibbrett eingeklemmten Tabelle notierte, während all das um uns herum geschah, spielten sich in meinem Kopf blutige Szenarien ab, Schlachtszenen, Kaiserschnitte, Szenen aus

Angstträumen, die ich einmal vor langer Zeit gehabt hatte, vermischt mit Fernsehbildern von Notaufnahmen, von hektischen, unübersichtlichen Operationen. Der von Antonin gefilmte Unfall. Komplikationen, sagte Helene und sah mich fast abfällig an, sind natürlich möglich, sind immer möglich, aber wegen der Wirbelsäule mache ich mir keine Sorgen. Und als sie das sagte, so, als hätte sie meine Gedanken gelesen und hielte sie für weit hergeholt, als wäre ihr meine Fixierung auf den Stahl in ihrem Rücken einigermaßen unverständlich, da wurde Larrys nächster Durchgang ausgerufen. Es war das Viertelfinale. Acht Staffeln, sechzehn Fahrer kommen weiter, es wurde ernst.

Helene ging zurück in Richtung Zieleinfahrt. Ich sah ihr nach und glaubte eine Veränderung in ihrer Haltung zu bemerken, oder vielleicht war es dieselbe, gerade, fast steife Haltung, die nun eine neue Bedeutung erhalten hatte. Ihr Gang hatte etwas Getragenes, Würdiges, von Zerbrechlichkeit, Unsicherheit konnte keine Rede mehr sein. Gefasst ist sie, dachte ich. Sehr gefasst sieht sie aus.

Im Finale fuhr Larry auf den zweiten Platz. Beide Fahrer waren langsam gestartet, keiner wollte den anderen mitziehen, und es sah danach aus, dass sie lange taktieren würden und dass der Spurt sehr spät beginnen würde, aber dann passierte doch schon nach dem ersten Drittel ein Ausbruch, auf den Larry zu spät reagierte. Er schaffte es nicht aufzuholen und fuhr eine ganze

Radlänge hinter seinem Gegner ein. Ich drängte mit den Zuschauern, die jetzt über die Streckenabsperrungen kletterten, zum Ziel, wo schon das Siegertreppchen aufgebaut war, und als noch ein paar Tombolanummern verlesen wurden, fand ich Larry, sah ihn an und wusste, dass er keinen Trost brauchte. Er war mit sich zufrieden, sprach mit seinem Gegner, den er mir jetzt als Jaydee vorstellte, und sagte, das war eine ordentliche Überraschung, Jaydee, und klopfte ihm auf die Schulter. Auch ich machte mein Kompliment und fragte Larry nach Helene. Aber er hatte sie nicht mehr gesehen. Dann war auch der Trainer zur Stelle und gratulierte, sagte, ein zweiter Platz ist nicht zu verachten, bei der Konkurrenz, wobei er in Richtung Jaydee nickte, und die beiden wurden aufgerufen. Viva Puerto Rico, schrie ich. Larry drehte sich um, rollte lachend mit seinen Augen und stieg hinauf zum Podest.

Der Trainer sagte, fahrt schon mal los, ja natürlich, und als die Mannschaft noch die Ausrüstung zusammenpackte, waren wir schon im Hotel, Larry duschte und hatte seine Sachen verstaut, bevor die anderen ankamen. Wir fuhren los. Larry versuchte im Auto immer wieder, seine Beinmuskeln zu strecken, richtete sich auf eine lange Fahrt ein. In den Nachrichten das Übliche. Ein Tankstopp und als ich an der Kasse stand, kam er mit Eisteeflaschen, Coladosen, Chips, Schokoladenplätzchen und einer Hand voll Müsliriegeln, und ich sagte, alles zusammen bitte, worauf der Kassierer meinte, ich glaube, ihr Sohn hat Hunger. Larry machte den

Mund auf, aber ich kam ihm zuvor und sagte, ich nehme es als Kompliment. Wissen Sie, ich werde ihn tatsächlich adoptieren. Aber erst muss ich seinen Vater aus dem Weg schaffen.

Es war dunkel, als wir in der Stadt ankamen. Teenager fuhren Warteschleifen auf den Parkplätzen der riesigen Multiplexkinos. Die Restaurants an der Spring Street waren hell erleuchtet. Vor einem Eisladen saßen Jugendliche in kleinen Gruppen und junge Männer standen einsam an ihren aufpolierten Autos. Ich sagte zu Larry, komm, ich füttere dich noch einmal ab, wenn es dein letztes Rennen war, du kannst ja gleich mal bei Antonin anrufen und Bescheid sagen, dass wir angekommen sind. Als wir die Auffahrt hinauffuhren, wunderte ich mich, dass im Haus kein Licht war. Dachte, dass wir einen Zettel vorfinden würden, dass sie unterwegs sei, und, wartet nicht mit dem Essen. Larry spürte meine Verwunderung. Ich glaube, sie war in Los Angeles, antwortete ich auf seine Frage, als wir über den Rasen zur Tür liefen. Ich hatte die Post aus dem Briefkasten genommen, dachte, Skye war also noch nicht hier, und reichte sie Larry, um mit beiden Händen die Tür öffnen zu können. Im Haus an den üblichen Stellen lag kein Zettel, nur meine eigene Notiz vom Vortag klebte an ihrem Bildschirm. Dafür blinkte der Anrufbeantworter, und als die Stimme sagte, hello, hier spricht Jackie Hamilton von American Airlines, wir bitten Sie umgehend um einen Rückruf, da stand Larry neben mir und als die Stimme von Frau Hamilton sagte, es ist wichtig, dies ist kein Marketinganruf, bitte rufen Sie uns sofort an, wir sind die ganze Nacht hier, unter folgender Nummer zu erreichen, da sah er mich an und schloss kurz die Augen, und wir beide fragten uns. Wann haben wir die letzten Meldungen im Radio gehört. Das Band lief weiter, dieselbe Nachricht noch einmal, mit dem exakt selben Wortlaut, und dann klickte es kurz und Antonins Stimme sagte hallo, ich bin's, ruf mal an, wenn du da bist. Hast du mit Helene gesprochen? Ich drückte auf Wiederholung, nahm einen Stift und notierte die Nummer von Jackie Hamilton. Larry saß auf einem Hocker in der dunklen Küche und rührte sich nicht. Bevor ich die Nummer wählte, rief ich schwach in seine Richtung, mach Licht, hör zu, ich mache uns gleich etwas zu Essen, aber Larry reagierte nicht.

# 9

Dann kam die Zeit, von der ich dir schon erzählt habe, die Nächte, in denen ich das Haus auf den Kopf stellte, um ein Zeichen zu entdecken, etwas über Skye zu entdecken, das ich noch nicht gewusst hatte, und das mir ihre Abwesenheit erklären konnte. Aber da war nichts. Es gab keine Hinweise in diese Richtung. Was passiert war, war nicht vorgesehen gewesen. Kein Brief lag da, natürlich nicht, und keine Anweisung war zu finden für den Fall, dass sie einmal nicht zurückkäme. Keine Hinweise darauf, dass sie noch einmal, aus der Erwägung der Möglichkeit heraus, dass es das letzte Mal sein könnte, ein Lieblingsbuch aus dem Regal genommen, ein Fotoalbum oder eine Zeichnung angeschaut, einen alten Brief gelesen hatte. Einen ungewöhnlichen Ankauf getätigt hatte. Ich lief durch das Haus, riss alles heraus, las die Briefe und betrachtete die Fotos, immer auf der Suche nach dem Zeichen, dass sich in ihrem Leben etwas auf dieses Ende zubewegt hatte. Etwas, das mir entgangen war. Ich, der es gewohnt war, meinen Studenten die Bedeutungen darzulegen, klar zu machen, die obskursten Hinweise so offen zu legen, dass sie auf einmal so wirkten, als stünde tatsächlich ein Plan dahinter. Ich, der ich gewohnt war, diesen Plan mit einer Sicherheit und Überzeugung zu präsentieren, als wäre er mein eigener, als hätte ich alle möglichen Sinnbezüge selbst erfunden, ich musste an dem, was hier hereingebrochen war, scheitern. Ich bemerkte auf einmal, dass Skyes Geschichte ein Text war, den ich nicht selbst geschrieben hatte. Den ich nicht einmal selbst ausgewählt hatte.

Und da waren die Psychologen und die Psychologie-Praktikantinnen, die selbst nicht daran glaubten, uns helfen zu können, und wenn sie doch diese Vorstellung hatten, dann war es von vornherein sinnlos. Natürlich. Anfangs fand ich mich in einer Gruppe wieder, die sie immer einfach nur die Angehörigen nannten, wir waren über zweihundert, untergebracht in einem Hotel am Flughafen Chicago O'Hare. Man versuchte, uns zu beschäftigen. Man unterrichtete uns über den Stand der Ermittlungen. Immer wieder. Immer nur die höchsten Stellen, die wichtigsten Leute sprachen zu uns. Hörten geduldig unseren Fragen zu. Nickten verständnisvoll. Man wollte uns den Eindruck vermitteln, als gäbe es nur noch uns. Als wäre nichts sonst wichtig. Als ich ankündigte, dass ich abreise werde, versuchte man mich umzustimmen, erst sagte ein Psychologe, sehen Sie, die anderen machen genau das durch, was Sie jetzt durchmachen, und ich dachte, das ist nicht dein Ernst, dafür bezahlen sie dich. Das könnte Ihnen helfen, sagte er, und dann kam die Polizei und meinte, es gebe noch Formalitäten. Ich schrieb meine E-Mail-Adresse in eine Liste ein, die ein Angehöriger, der sich als Sprecher der Gruppe zu profilieren versuchte, herumreichte. Schließlich gab man meinem Drängen nach, steckte mir noch einen Packen Literatur zum Thema zu sowie die Visitenkarten der Betreuer. Sie hatten ein Team für die unmittelbare Nachsorge und ein Team für die langfristige Betreuung. Schließlich bekam ich eine Bordkarte für den Rückflug und wurde vom Bodenpersonal bis zum Flugsteig begleitet. Das Angebot eines Elektrokarts konnte ich nur mit großer Mühe und Bestimmtheit abwehren. Larry holte mich ab, ich war gerade mal vierzehn Stunden unterwegs gewesen. Ich hatte Larry nie so registriert wie in diesen Tagen, als Antonin, der sich natürlicher in die Rolle hätte finden müssen, wie gelähmt erschien. Er war einfach nicht zu gebrauchen in diesem Moment, und da er keinen Führerschein hatte, war er nicht einmal eine praktische Hilfe. Antonin saß zu Hause und wusste nichts mit sich anzufangen und rief bei seinem Sohn an, alle halbe Stunde, ob er schon etwas gehört habe. Larry stand da und wollte mir die Tasche abnehmen, dieselbe Tasche, die ich irgendwo außerhalb von St. Louis auf das Motelbett geworfen hatte. Das war vorgestern, dachte ich, vorgestern diese Einsamkeit, das Frösteln, und am Morgen, als mir die Sonne ins Gesicht schien, hatte ich geglaubt, ich hätte es überstanden. Ich hielt die Tasche fest. Sagte, ich komme schon zurecht, und dann kamen wir ins Haus und ich sah, dass Larry sich eingerichtet hatte. Er hatte sich im Wohnzimmer, zum Garten hin, eine Schlafstelle gebaut, es sah beinahe gemütlich aus, und ich dachte, er hat Recht, er hat mich nicht fragen müssen oder fragen sollen, es ist richtig so. Dass er bei mir bleibt, dass er ans Telefon geht.

Filipe bestellte eine zweite Flasche Wein und fragte dann, ohne irgendeine Überleitung, wann willst du sie endlich kennen lernen. Jederzeit, Filipe, jederzeit, bring sie nur das nächste Mal mit, oder besser noch, ich lade euch ein, in meine Wohnung, ich habe kaum etwas verändert und praktisch nichts mitgebracht. Einen Schreibtisch und einen grünen Sessel habe ich aus Amerika mitgebracht, das ist alles. Der Rest ist die Einrichtung, die ich übernommen habe. Es wird euch gefallen. Wir werden auf der Terrasse sitzen und in den Sonnenuntergang schauen, und du wirst mich mit dem Fuß anstoßen und deine Augenbrauen hochziehen, ganz kurz und verschämt lächeln, wenn es so weit ist, wenn sie ihr Messer nimmt und den Fisch tranchiert, den ich ihr servieren werde. Ich habe einen kleinen Holzkohlengrill gekauft.

Verhandlungen kann man es nicht nennen. Ich kündigte zum Ende des Jahres, versprach, bis Dezember mein Seminar abzuhalten, und die Universität trat an mich heran, durch die Vermittlung von Antonin, und machte ein Angebot für das Haus. Es eigne sich vorzüglich als Präsidentenvilla, jawohl, er wolle dort schon im nächsten Jahr einziehen, und die Universität wäre überglücklich, endlich ein Gebäude von ihrem so geschätzten Chefarchitekten zu besitzen. Dass es Antonins bisher bester Privatbau sei, könne man ja jetzt schon in den Fachzeitschriften lesen. Und Geld sei im Renovierungsfond durchaus vorhanden. Das Angebot war vernünftig, zweifellos entsprach es den von Antonin unterbreiteten Vorschlägen, es ist ein pietätvolles Angebot, dachte ich, so sind sie, und ich beauftragte den Anwalt, möglichst schnell zu einem Abschluss zu kommen. Die Sammlung gab ich leihweise an das städtische Museum von Kansas City.

In einem der beigefarbenen Umschläge, die ich an jenem Samstagmorgen aus dem Briefkasten genommen hatte, befand sich ein freundschaftlicher Brief von einer Lissabonner Kollegin, die du auch einmal kennen lernen solltest. Sie lud mich ein, für ein Forschungsfreisemester oder gleich ein ganzes Jahr als Gastprofessor nach Portugal zu kommen. Sie habe an meine Privatadresse geschrieben, weil sie nicht wisse, wie oft ich im Sommer ins Büro gehe und nicht zuletzt auch, weil sie unseren Straßennamen für einen glücklichen Wink halte. Der Großvater kam mir in Erinnerung. Wir Kinder nannten ihn Hans den Schwätzer, weil er so schweigsam war, wie sie alle im Alter schweigsam geworden sind, aus Angst, sich in der Senilität noch zu verplappern, aber hin und wieder hatte er von seiner Lissabonner Zeit erzählt. Immer harmlose Sachen, Freundliches, das Klima hatte es ihm angetan. Die Frauen, es sei eine Schande, dass sie so schnell verblühten. Zweifellos ein schneidiger Mann, mein Großvater.

Ich hatte den Brief damals kaum beachtet und auf einen Stapel gelegt, zusammen mit der Arbeit des Kandidaten. Als ich zum ersten Mal seit meiner Abreise nach St. Louis in mein Büro kam, sah ich ihn und nahm ihn zur Hand. Es war Nacht, niemand war zu sehen, niemand sollte mir Beileid aussprechen zu diesem Zeitpunkt. Ich war nicht bereit, mich dem Experiment zu stellen. Wie sie mich ansehen würden, wissend, dass Skye nicht mehr neben oder besser hinter mir stand. Dass ich nun allein war, nicht mehr der Mann der Erbin des Josetta-Vermögens, nicht mehr der Mann, der mit der eleganten, braunäugigen, schwerreichen Frau schlief, die manchmal, allzu selten, auf Empfängen erschien oder bei Festakten, die druckreif sprach und souverän auf alle Fragen antwortete, niemals verlegen war, niemals zögerte, weil sie sich ihrer Meinungen und Überzeugungen so sicher war, ohne sie anderen bei jeder Gelegenheit aufdrängen zu müssen. Wie würden sie mit mir umgehen? Was hatte ich da zu erwarten? Pietät war zu erwarten, natürlich, kollegiale Verbundenheit. Aber was lag darunter, in der Persönlichkeitsschicht, in dem Persönlichkeitsschlamm, der den Neid beherbergt und die Schadenfreude? Ich saß in meinem Büro, blickte auf die Terrasse, die von meiner Schreibtischlampe nur schwach beleuchtet wurde, und dachte, dass sich die Blätter noch lange nicht verfärben werden. Es bewegte sich nichts. Ich überflog den Brief noch einmal und fragte in einer E-Mail, ob das Angebot abzuwandeln sei. Ein oder zwei Kurse im Jahr schwebten mir vor, auf der Basis von Lehraufträgen. Man könne jedes Jahr neu verhandeln. An einer festen Stelle liege mir nichts. Dafür die Aussicht, hin und wieder nach eigener Themenvorgabe ein Seminar abzuhalten. Die Zusage kam schon am nächsten Tag.

Antonin filmte, er filmte mich, wie ich langsam auf das Haus zuschritt, und ich dachte daran, dass ich dir Fotos versprochen hatte. Ein Bauingenieur schloss die Tür auf und ging hinein. Ich folgte, sah mich um. Sah Antonin, wie er mit der Kamera im Türrahmen stehen blieb. Das fertige Haus filmte.

Die Schlüsselübergabe, auf die wir über die Jahre hingearbeitet hatten, war gleichzeitig eine Schlüsselrückgabe. Antonin nahm das Haus, das er mir gerade übergab, im Auftrag von Kauffman ab. Er filmte den einzigen Moment, in dem sich der fertige Bau in meinem Besitz befand. Und ich drehte mich um, sah in sein Objektiv und sagte, du hast eine Schwäche für makabre Aufnahmen. Er antwortete nicht, sondern wies mich in die Richtung der Küche, ich ging hinauf und betrat einen perfekten, sechseckigen Raum, fuhr mit der Hand über die Materialien, über die er so zäh mit Skye verhandelt hatte. Er sagte, wir sollten ein Feuer machen, willst du nicht wissen, ob der Kamin zieht. Aber ich lehnte mit der Hand ab, schob sie ihm vor die Linse, so, wie man einen unliebsamen Journalisten wegschiebt. Ich sagte, lass nur, Dan wird die Freude haben, Dan wird es hier gefallen, meinst du nicht, und Antonin antwortete, Dan ist ein Banause und ein Dummkopf, ein netter Dummkopf, aber das Haus gehört nicht ihm, sondern der Universität. Es gehört mir.

Ich drängte mich durch den engen, dunklen Gang in Skyes Arbeitszimmer. Antonin folgte und filmte meine Silhouette. Er dokumentierte, wie ich zum letzten Mal in diesen taghellen Raum trat. Die Landschaft betrachtete. Innen wie außen dieselben sonnengetränkten, schon herbstlichen Farben, derselbe matte Stein. Keine Grenze, keine Wände, Stützen, Träger, die sich zwischen Haus und Natur schoben. In Skyes Büro herrschten keine Kräfte. Die Formeln und Gesetze der Statik schienen hier nicht zu gelten. Und während ich alles zum letzten Mal in mich aufnahm, filmte Antonin mein Gesicht und meine Augen, die in ständiger Bewegung waren.

Da bemerkte ich, dass an dem niedrig aufgemauerten Weg, der in den Garten führte, eine Kelle und ein hellbrauner, aufgerissener Sack Kalk lagen. Von den Bauarbeitern vergessen. Dachte, dass man ihn wegräumen müsste, bevor er nass wurde. An dem schweren Papier zupfte die nun aufkommende Brise. Ich zeigte den Hang hinunter in Richtung des Waldes, der sich verfärbt hatte, bat Antonin, mit seiner Kamera dieses Bild festzuhalten. Bei dem herrlichen Wetter ein wunderschöner Anblick. Dort unten haben wir gestanden, dachte ich, und haben hinaufgeschaut, außer Atem, beinahe schien es, als könnte man dort am Waldrand noch die Umrisse erkennen von zwei Menschen. Es hatte uns eine Zeit lang etwas verbunden, dachte ich, aneinander gelehnt hatten wir hinaufgeschaut, den Hügel hinauf, auf dem die Baufahrzeuge standen.